Helmut Krausser

SEPTEMBER

belleville

September – Tagebuch des September 1996.

Druck, Bindung: Steinmeier, Nördlingen

ISBN 3-923646-91-7

Exemplar Nummer

1. September, Sonntag

Morgen voller Neurosen, böser Gedanken und Lamenti, die Dummheit überall, die Schönheit, in Gefahr geraten, Freunde, die sich als blöd erweisen, jeden Morgen derselbe Mist, Galle kotzen, Flüche senden, etwa eine halbe Stunde lang, danach Auflockerung.

Zurück aus Wien. Vier morbid-moribunde Gedichtentwürfe. Gehe Aufzeichnungen durch. Ein Poesiealbum von 1889 mit vielen Fotos – ich wollte es kaufen, dann schreckte mich der Gedanke: lauter hoffnungsfrohe Verse junger Mädchen, toter Mädchen.

Wien-Gedicht I (für Hubert)

Ich mien, die Sonne scheinte,
und spazur. Sie vernien.
Verweiste auf Linz,
wo sie struhl und glinz,
Wienüber doch, bewolken, gemölkt,
gießte es und fließte es,
sintfloß es bindfad herab.

Der Sommer war so ergiebig, langsam kehrt mein Selbstvertrauen zurück. Nach jedem Roman denke ich, das wars, jetzt bin ich erledigt.

Habe mit B. den Solti-Falstaff gehört. Unglaublich, welchen Entwicklungssprung der achtzigjährige Verdi hier noch vollführt hat. Der

1. Akt – mit seiner vielschichtigen Instrumentierung, den warm-gebrochenen Farben, der angeschrägten Harmonik, dem komplex verflochtenen melodischen Material – eine Welt für sich, neben der Puccini nicht wie ein Enkel, eher wie ein jüngerer Bruder wirkt. Was hat Verdi in den acht Jahren, die ihm nach Falstaff blieben, noch gemacht? Die *quattro pezzi sacri*, quälende Spiritualmusik eines Agnostikers. Aber sonst? Nichts? Kein Fragment hinterlassen, keine Skizze?

Neue CD der Einstürzenden Neubauten schwächlich. Ein Ohrwurm (*Was ist, ist*), ein Stück Ohrensüßschmalz (*Stella Maris*), viel uninspiriertes Gewürm.

The Garden ist eine Linie von Pärt (Cantus), erweitert um einen simplen Schunkelgegenrhythmus und eine stur wiederholte Gesangszeile, alles ist so durchschaubar geworden. Wahrscheinlich gar nicht um soviel schlechter, geändert hat sich mein Blick. Simple Musik mit durchgängigem Beat wirkt auf mich heute wie Kinderliedschatz.

T. P. hat sich neulich geweigert, den Dualismus von U- und E-Musik anzuerkennen, wie immer argumentlos und eigentlich nur deshalb, weil er sich in E-Musik nicht auskennt. Er sucht sich – frühachtzgerjahremäßig – immer die Philosophie, die es ihm am bequemsten macht. Aber U- und E-, nur weil die Grenze schwammig ist bis nicht zu definieren, der Dualismus ist dennoch evident, man sehe sich nur mal eine ausgefeilte Partitur an oder höre den dümmsten Chartshit – also: Vieles läßt sich sofort in Sparten *einordnen*, von daher *existieren* die Sparten und *saugen*, was auftritt, *in sich ein*. Und die Grauzone? Lichtet sich mit der Zeit, wenn der Durchblick sortieren geht, verkleinert sich mit der musikalischen Reife. E-Musik – Was ist das? Keiner weiß es, aber wenn man sie vor sich hat, weiß man, das ist sie. Hängt nicht unbedingt mit klassischem Instrumentarium zusammen, auch nicht mit akademischer Ausbildung oder dem Überbau aus Tradition. Nichtmal mit thematischer oder struktureller Komplexität. Aber womit? Wenn man sagen würde: *Qualität*, müßte man zugeben, im Besitz des *Kriteriums* zu sein, im Besitz der Wahrheit. Na gut. Die Allermeisten würden sie mir sowieso nicht stehlen wollen, weil sie gar nicht wüßten, was das ist und wem sie das verkaufen sollten.

Für die Musik könnt ich zum Mörder werden. Meine Freunde wissen das, und die, die darauf keine Rücksicht nahmen, waren meine Freundschaft nicht wert.

Aufhören mit den Fraternisierungen! Her mit dem Selbstbewußtsein! Wir sind die Elite, sind es gerne! Wir haben den besten Sex, weil die beste Musik.

Gnadenlos gegen Ignoranz und Dummheit vorgehen. Dummheit wieder zum Verbrechen erklären.

Der Pegasus entsprang dem Rumpf der geköpften Medusa, wo er aus dem Samen des Poseidon gewachsen war. Perseus, Geburtshelfer per Schwerthieb.

Bellerophontes hat als einziger Sterblicher den Pegasus geritten, mit dem Zaumzeug der Pallas Athene. Das Flügelpferd schleuderte ihn, der sich in den Olymp drängen wollte, auf die Erde hinab. Merkwürdig genug, überlebte er den Sturz, nur um (Duplex-Vermeidung zu Ikarus?), einsam umherirrend, Menschen und Göttern verhaßt, in hohem Alter zu sterben.

Das Grauen und der Ozean, Eltern der Kunst. Schöne Metapher.

Der Tempel im Kreuzlinger Forst exisitiert nicht mehr, auch kein Foto, nur ein DIN-A-3-Aquarell, das Bea vor zehn Jahren gemalt hat. Gab absolut keinen Grund, ihn plattzumachen. Aber vielleicht ist es besser so, Kultplätze gewinnen an Wert, wenn kein Signum auf sie hinweist und nur mündliche Überlieferung sie weiterleben läßt.

Schlafes Bruder – mittelmäßiges Buch, schlechter Film, beschissene Oper. Albert war in der Zürcher Premiere, berichtete, die Verbeugungen von Komponist und Librettist hätten Slapstickzüge angenommen vor

Eitelkeit. Schott druckt *Helle Nächte* nicht, erzählt Moritz, weil dieser Riesenflop den gesamten Etat verbraucht hat. Überhaupt, Künstler, die sich zur Inspiration in Bergeseinsamkeit begeben, sind mir suspekt. Auf Bergeshöh wohnt nicht mehr Musik als im tiefen Tal der Superhexen. Eher weniger, wenn man mich fragt. Was ja keiner tut. Im Übrigen.

Beatrice bereitet ein libanesisches Gericht zu, eine Art Hackfleischauflauf mit Pinienkernen und angebratener Minze – dieser schwere, orientalische Geruch – das also war's, auf den Straßen und Gassen von Tunis, Fes und Agadir – gebratene Minze – Fall aufgeklärt nach anderthalb Jahrzehnten. Apropos kleine Abenteuer, die beim Kochen möglich sind: Vor zwei Tagen nahm ich einen Tintenfisch aus, er fühlte sich sehr hart an, ich fand in ihm, noch unangedaut, einen roten Knallkrebs. Der Tintenfisch mußte ihn eben verschluckt haben, bevor er selbst zur Beute wurde.

FAZ: Vorschau auf die neue Theater-Saison. Erwähnt wird so gut wie jeder, nur ich nicht. Hat das was zu bedeuten? Immerhin liegt *Lederfresse* jetzt bei 44 Inszenierungen, hat seine Afrikapremiere (Burkina Faso) hinter und seine Amerikapremiere vor sich, da sollte man doch meinen, daß der Nachfolger für die Vorschau von Interesse wäre.

Grodek ist nicht Reich-Ranicki. Ich bemühe mich um Zeitlosigkeit in meinen Werken, RR aber hat nicht mehr viel Zeit. Daß er – nebst anderen – die Figur *inspiriert* hat, wäre unsinnig zu leugnen. Aber daß Lomé ein Abbild von mir sein soll, wie Peter unterstellte, ist wirklich absurd.

Teletext – Ror Wolf (64) erhält den ersten Heimito von Doderer-Preis (DM 30 000). Das geht in Ordnung. Wie ich hörte (aus erster Hand), war ich die zweite Wahl (oder umgekehrt?), war die Jury zu zwei

Dritteln für, zu einem Drittel hysterisch gegen mich (wie so oft). Schließlich einigte man sich auf Wolf. Damit kann ich leben. Es wäre unerträglich gewesen, wenn, naja, scheiß drauf....

Gestern erlitten: *Kondom des Grauens*. Schon einer der schwächeren König-Comics, aber der Film erst – ich glaube, das ist einer der schlechtesten (neben *Liebes Tagebuch, Gods Army* und *Zauber der Venus*) die ich je gesehen habe. Er ist so unsagbar beschissen, daß man Augen und Ohren nicht traut, und dauernd überlegt, ob man vielleicht auf hinterfotzige Art verarscht wird. Ponkie gab dem Film ein 'sehenswert'. Ist das aufkommender Altersschwachsinn?

Broken Silence war bislang der schönste Film des Sommers. Auch ganz in Ordnung: *Screamers* von P. Weller, Drehbuch: Dan O'Bannon und noch wer. Gute Bauten, originelle Geschichte, ein Sommerspaß, über dessen Schwächen zu mäkeln kleinkariert wäre.

Heute endlich sind die drei Sopran-Lieder fertig geworden, morgen geh ich kopieren und versenden, kann's nicht erwarten, sie zu hören.

Abends erste Arbeit am Babelgesang – macht soviel Spaß – wie Poeme schreiben, als ich sechzehn war. Gutes Zeichen. M. den Stoff für eine Art Performance-Oratorium anbieten? Oder ein Hörbild draus machen, fürs Radio?

Nach Mitternacht, nach langer Zeit, Anruf von E. War vier Tage in Lissabon, hat sich einen Stierkampf angesehen. Obwohl in Portugal die Stiere nicht getötet werden, gab's sehr viel Blut, nicht nur das des pikierten Stiers, auch zwei Picadores bekamen Verletzungen ab. E. erzählt, sie sei nahe am Kotzen gewesen, wollte hinaus, die Türen seien aber verschlossen gewesen, so blieb sie sitzen, voller Ekel, Widerwillen, mit Hitzewallungen und Schweißausbrüchen. Und dann – ihre Stimme hob sich um eine halbe Oktave – sei etwas Unglaubliches in ihr vorgegangen, sie habe plötzlich hinsehen können, habe begriffen, was Roberto mit Kunst meinte, worin die Kunst und überdies ihr Sinn besteht, ein archaisches Gefühl habe sie überwältigt, sie habe den Matador bewundert wie ihren ersten Teenieschwarm, sei aufgesprungen, der Ekel sei unbändiger Begeisterung gewichen, sie habe noch nie zwei so extrem weit auseinanderliegende Gefühle so kurz hintereinander gespürt.

Überarbeitet:

Wien-Gedicht II

Mein Totenschädel, überladen,
schleppt kiloweise Fleisch umher,
ersehnt sich Fäulnis, träumt von Maden,
die Maske fort zu fressen, schwer
mit Haut geschminkt und Leberflecken,
mit Backenspeck und Tränensäcken,
zerkauten Lippen, roter Nase,
mit vollem Haar, entleertem Blick,
ein Schweinsgesicht in Halbekstase –
die Schwellung geht zurück.

2. September, Montag

Jag ich mir heut eine Kugel in den Kopf,
oder geh ich wieder zu den Weibern?

Telefonat mit T. Angeblich will die C. Kulturreferentin werden. Dann darf sie sich aber so grobe Scheiße wie die Biennale 97-Streichung, (die sie durch ihr blödes Modeprojekt mitverursacht hat) nicht leisten, sie ist schon unbeliebt genug.

Der Kampf um *Helle Nächte* geht in die letzte Phase, aber was soll ich noch tun? Habe den *Capriccio*-Beitrag angeleiert, das *Applaus*-Interview, das Interview im *Merkur*, habe dutzende Droh- und Bettelbriefe geschrieben, hunderte Telefonate geführt… Von der AZ, solange dort die Reißinger hockt, ist keine Hilfe zu erwarten. Die SZ reagierte von selbst und heftig, aber der Protest scheint im Sommerloch verpufft, muß neu angeheizt werden, konzentriert auf die Kulturausschußsitzung am 26. Es ist ein Wahnsinn mit dieser elenden Provinzstadt: Wenn es um Kulturpolitik geht, müßte man CSU wählen als kleineres Übel, so weit sind wir inzwischen.

Telefonat mit Moritz, ich widersprach seinem Urteil zu *Carrington*, den er schwach und – vor allem von Emma Thompson – beschissen gespielt fand. Meine Meinung ist diametral entgegengesetzt, der Film war sehr bewegend, Emma gut wie nie zuvor. Die Nyman-Musik ist allerdings schwach, aber als Hintergrundgedudel grad noch zweckerfüllend.

Helle Nächte ist jetzt in der Skizze komplett, in der Partitur bis Seite 300 (von ca. 400) gediehen. Ich riet dringend dazu, den Schlußchor wegzulassen, aber M. will am Ende unbedingt einen Reißer haben, mag melancholisches Ausklingen nicht.

In Spoleto eine neue Oehring-Oper. Soll genauso belanglos gewesen sein wie seine letzte.

Über Weßling. Hügel aus Ocker und gutgenährtem Gras. Unter schmutzigem Spätlicht liegen im Frühherbst, unten am See frißt sich Geflügel Speck an für seinen Südflug; die Wasseroberfläche verbucht den Lichtschutzfaktor sieben. Städter, 'Kurzstreckentouristen', packen die Picknickkörbe zusammen.

Guter Spruch: »Eine Frechheit, zu sagen: Man kommt *vielleicht* – und kommt dann doch!« (Heike)

Toy – in der Nacht Schlußredaktion. Das Buch nach drei Monaten wiedergelesen, mir war sauwohl. Es fiel mir in den Schoß, ich habe die Arbeit daran nie als solche empfunden, wollte ein schnelles Buch für einen Nachmittag schreiben – und was ist draus geworden? Nagy, (gesprochen: Nátsch) als er von Marias Tod erzählt – wie über ihm, tat sich der Himmel über, das Meer vor mir auf. Als wollten die Götter sagen: Arbeit ist nichts, wenn unser Segen nicht drauf liegt. Ich bin heute nacht so glücklich! Jedes tolle Fest folgert aus sich: Nach dem Tod kommt nichts – alles andere wäre ungerecht.

Und morgen werde ich nie so wertvoll sein wie gestern.

Hommage-Gedichte = *Epigonien* = Blumen, die auf Gräbern blühn und Restsaft aus der Erde ziehn.

Ist es lustig, ein Felsen zu sein?
Manchmal, wenn ein Schiff zerschellt.
Ist eine Trockenschleuder lustig?
Manchmal, wenn die Katz drin schlief.
Ist es lustig, Mensch zu sein?
Wenn man viel Humor hat, schon.

In Premiere *Nightwatch* wiedergesehen. Toller Film. Kim Bodnia ist der beste unter vier fantastischen Schauspielern, die seltsamerweise den Sprung zur Großkarriere (noch?) nicht geschafft haben. Daß Regisseur Bornedal sich zum Trottel macht und borniert-arroganten Amis ein Remake dreht, macht mich zornig.

Ist es lustig, ein Trottel zu sein?
Für fast alle.

22 Uhr im Breitwand: *From Dusk till Dawn.* Aufgrund der schlechten Presse erst jetzt, und was passiert? Bin begeistert. Das beste Fun-Splatter-Movie, das ich je gesehen habe, dagegen sieht Peter Jackson geradezu schlaff und traurig aus. Die Verrisse erklären sich dadurch, daß den Leuten der Film nicht als Fun-Horror verkauft wurde, sie eine Art zweites Pulp Fiction erwarteten und von der ersten Hälfte des Films auch noch bestätigt wurden. Um auf die zweite Hälfte dann entsetzt zu reagieren. Oder aber die Rezensenten waren einfach nur moralisch betreten, das gab's ja bei Pulp Fiction auch. Schade, daß Bea zu Hause blieb. Ich hab immer Gewissensbisse, wenn ich einen tollen Film ohne sie sehe.

Bernhard am Telefon, lobt den Charme von *Broken Silence*, moniert die schlechte Auflösung des Videomaterials. Selber schuld, warum muß er im Kino immer so weit vorn sitzen?

Spät im ZDF: *Die tödliche Maria* von Tom Twyker. Verquer und aufwühlend, ein Alp aus schweren, kalten Farben. Beachtenswerte Musik. Heut werd ich filmisch verwöhnt. Beatrice hat den Film schon vor einem halben Jahr gesehen, aber mir nichts von Marias Hausmückensammlung erzählt, Motiv, das auch in Thanatos erscheint – und vermutlich in noch tausend andern Büchern. Ich war vorab mißtrauisch gegen den Film, weil der Name Tom Twyker unsympathisch klang, gekünstelt. Ausgerechnet ich spotte über manches Kriterium der Kritikasten.

Mozart, Violinkonzerte. Arbeit an Babel. Die Verse verteilen sich auf drei ältere männliche Sprecher, die sie jeweils nuschelnd, rülpsend, pathetisch oder grölend von sich geben, ein Stimmgemenge vom Veteranenstammtisch, teilweise alterserhaben, teilweise ekelhaft.

5–6 Strophen pro Nacht sind's fast immer, die besten von heute:

Hoch oben, aber sehr weit draußen,
weit außerhalb des Machtbereichs,
in Erkern mit getönten Fenstern,
logierten unsre Dichterfürsten.
Gut angeseilt und warm gefüttert,
mit Festvertrag auf Lebenszeit,
erschufen sie die Sage Babels,
ein Epos, tausend Bücher schwer.
Manchmal brach ein Erker ab.

3. September, Dienstag

War in der Stadt. Das Lederhemd zur Reinigung gebracht, macht DM 59. Flagstad-Arien gekauft für DM 10. Der Preisverfall bei Klassik-CDs nimmt aberwitzige Formen an.

Vier Hitchcock-Preziosen auf Video à 9.99 (Rear Window, Vertigo, Family Plot, The Man who knew too much)

In Premiere ein Film mit Mädchen Amick. Sie wäre, vom Visuellen her, eine gute Besetzung für die Callas gewesen, ich kann mir nicht vorstellen, daß Meryl Streep diese Rolle glaubhaft geben kann.

Toy ist fertig, sollte also im Frühjahr kommen, aber Marcel spreizt sich, hat sich scheinbar schon auf nächsten September festgelegt. Das könnte fatal sein. Jetzt wird bald in ganz Deutschland Terence McNallys 'Meisterklasse' gespielt werden. Belanglose Kolportage, die ihren Autor kaum mehr als einen halben Tag Arbeit gekostet haben dürfte – wird aber sicher ein Erfolg. Ich will Galionsfigur sein, Vorreiter auf der Callas-Welle, nicht als 'gerade noch aufgesprungen' gelten, oder gar hinweggespült werden im Kielwasser. (C. – die letzte unausgeschlachtete Ikone des Jahrhunderts.) M. läßt mich deutlich merken, daß er zur Zeit Wichtigeres zu tun hat, als mit mir zu debattieren.

Guter Werbespruch für Toy: *Gott und der Teufel in ihrem letzten gemeinsamen Buch.*

Gestern in *From Dusk till Dawn* – Juliette Lewis hat an Reiz deutlich verloren, seit ich weiß, daß sie Scientologin ist. Wie konnte ausgerechnet sie uns das antun? Jetzt trägt sie ein zweites Gesicht, das manchmal unter dem ersten hervorscheint, verschlagen, gierig, häßlich.

Blättern in Reiseprospekten. Will ich überhaupt wegfahren? Vieles sieht interessant aus für eine Woche, aber zwei? Ich will doch nur dem Dezember-Lichtmangel entfliehn.

Nachts Schachtraining. Die Wiener Katastrophe hängt mir noch schwer nach.

Nur eine neue Strophe Babel.

Tag, der fern am Horizont vorüberlief.

Söldnerlied (Wien-Gedicht III)

Wie zwei Stück Vieh
vorm Bolzenschuß
sich Zeit und Angst vertreiben
so trieben wir umher

und hätte sie
nicht fortgemußt
um namenlos zu bleiben,
vermißt im Ungefähr...

Es war mir nie
so schwer bewußt.
Es war nicht zu beschreiben.
Es war. Und ist nicht mehr.

4. September, Mittwoch

Postkarte von Markus E: *Bei mir läufts und wirbelt es. Thanatos lugt auch ab und zu aus der Verbannung hervor. Z. B. als ich letztens die Leiche eines Nachbars entdeckte, die schon schwarz und fliegenübersät war.*

Postkarte von D&A aus Norwegen*: Wir vergessen ständig: Sonnenbrillen, Stadtpläne, Kleider (im Hotel), Autoschlüssel auf der Toilette. Ich habe meine Börse verloren (mit Geldkarten, Ausweisen etc.) das muß Urlaub sein. A. hatte Pilzvergiftung – das Auto mit Melone vollgekotzt. Unsre Hütte hat kein Wasser (weder fließend noch kalt). Wir liegen an Fjordstränden, von Enten umlagert, und meistens bin ich impotent. A. träumte, man hätte meinen Bruder erhangen aufgefunden. Das Auto verliert mehr Öl als uns lieb ist. Hoffen das Beste – herzlich –*

Für den Schluß von *Toy*: Teufel kann sich (laut eigener Aussage) nicht in einen Pudel verwandeln, nur in einen hineinfahren!

Egal? Egal.

Linguistisches Spiel: »Mähen Äbte Heu? Äbte mähen nie Heu, Äbte beten.«

Markus Eickhoff gab mir den Tip. Man spreche jemandem die beiden Sätze flüssig vor, zurück kommt von fast jedem: »Was? Welche Sprache ist das?«

Cosmopolitan-Artikel redigiert. Drei Stunden verplempert, noch einmal *Barry Lyndon* anzusehen, Film, der heute nicht mehr funktioniert. Früh ins Gartenhaus.

Zuerst eine Emphase ohne Erklärung. Nur das Gefühl, eine Möglichkeit sei ins Zimmer getreten. Das Papier fordert auf, eine Spielfigur zu wählen. Anstoß. Im Mittelkreis zwischen Wollen und Zwang. Das jus primi verbi.

Alte Liebe (Wien-Gedicht IV)

Hier spricht der lebenslang Verschmähte.
Ich hocke im Seniorenheim,
im Zimmer nebenan, Geliebte,
und warte, bis du schwarz wirst.

Hier spricht der lebenslang Verschmähte.
Ich sitz im Stiftskapellchen, nachts,
solange, bis du schwach wirst,
und aufgebahrt in weißem Samt.

Hier spricht der lebenslang Verschmähte
ein lebenslanges Liebeslied
für eine tote blöde Fotze,
die kalt blieb unter jedem Vorwand.

5. September, Donnerstag

In dieser Woche schon die dritte Lesungsanfrage.

Aber meine letzte Lesung überhaupt war am 24.Juni in Salzburg, ich mag nicht mehr, solange ich's mir irgendwie leisten kann. Dazu ein dreiseitiger Leserbrief aus Wuppertal. Hab dann immer ein wenig Bedenken, wenn ich mit zehn Zeilen antworte. Geht eben nicht anders.

W. Herzog wird heute (erst) 54. Überlege dauernd, ihm (auf welche Weise?) die Vita Pasqualini zur Verfilmung anzubieten/anzudrehen/aufzuzwingen/zu schenken. Der Stoff wäre doch maßgeschneidert.

Zum Saturn, Kleinigkeiten für den Urlaub gekauft – und ein paar Videos, darunter – undurchschaubare Preispolitik – *Die Bartholomäusnacht* – für 9,95.

Moritz, vier Tage in München, spielt mir das Lied auf meinen *Reigen aus unreinen Reimen* vor. Es ist schön, hat aber, scheint mir beim ersten Hören, wenig mit dem Text zu tun, vertont nicht ad verbum, komponiert nur die Silben, nicht deren Bedeutung. Andererseits entspricht der Flair der Musik doch der Stimmung des Gedichts – bin hin und hergerissen.

Waren mit ihm und Bernhard im *Jeena*, enger Inder, gutes Essen, liebevoll angerichtet, zudem preiswert. Gespräch über Mussolini-Bauwerke, die (in Deutschland wäre so eine Haltung undenkbar) nach Kriegsende fertiggestellt wurden, weil sie eben schon zur Hälfte vorhanden waren. Über verschiedene römische Gelato-Novitäten, über Filme, über Henzes mutigen Versuch, doch die *gesamte* Biennale 97 zu retten. Schöner Halbsatz M's: *»Das dürfte ich dir jetzt eigentlich gar nicht erzählen,* *aber – ach, das hab ich dir ja schon erzählt…«*

Später rückt er damit raus, daß er Carrington nur auf italienisch, ohne Untertitel gesehen – und kaum etwas verstanden hat.

Ich war von zuviel Computerarbeit zungenträge, hatte erneut Wortfindungsstörungen, Zustand, in dem ich lieber alleine wäre. Wir trafen, bei einem dritten Bier im Stadtcafé, Andi, gratulierten ihm zum Förderpreis.

Falls ich den tatsächlich noch mal bekommen sollte – was mach ich dann? Beatrice: »Wär doch lustig – erst den Büchnerpreis zu bekommen, und, im Jahr darauf, den staatlichen bayerischen Förderpreis.«

»Der bayerische Sonderweg.«

Fuhren früh heim.

Goldhagen-Debatte im TV. Bubis hält Goldhagens These, es mußten zum Holocaust nur zwei Faktoren zusammenkommen (tief verwurzelter Antisemitismus und eine zum Völkermord bereite Regierung), entgegen, daß dies »nicht nur die Deutschen, sondern alle Völker beleidigt, in denen es Antisemitismus gab« (Eigentor per Fallrückzieher) und daß »der Holocaust unerklärbar bleibe, bleiben müsse«. Warum? Mysterium des Schreckens, eine Mystifikation, die die Aura des Mythos noch stärkt, ist das etwa wünschenswert?

Habe gleich wieder über den Nibelungenstoff nachgedacht, Kind, das mich nicht losläßt.

Freud, der den Antisemitismus als Projektion sah, als aus dem latenten Haß des Wotansvolks gegen die christliche Mission entstanden wähnte, hätte seine 'Freude' an einem Typus wie Heydrich gehabt, der offen herausposaunte, die Ausrottung des Judentums sei nur eine Übung, ein Vorspiel, der große Kampf danach gelte dem Kreuz, nicht dem Davidsstern. Wer so etwas heutzutage in irgendeiner Weise für relevant hält, riskiert leicht den bösen Vorwurf, er hätte behauptet, die Juden würden ihre Rolle im Holocaust überbewerten.

Bernhard v. Clervaux' ('Die Gestalt ist wesentlich für das Sein') klösterliches Architekturideal, verglichen mit der Musik Arvo Pärts – wie sähe ein zeitgenössisches Pendant in der Literatur aus, Zisterzienserlyrik, sozusagen, Arte povera scritorale? Entweder etwas ganz und gar Unpopuläres zwischen Scardanelli und Ungaretti, oder etwas, das sofort (Kaleko) als durch Schlichtheit getarnte Banalität diffamiert würde. Solch ein Experiment, solch ein Eiertanz, reizte mich.

Im Nachtkonzert Glagolitische Messe mit lahmarschiger Orgel, die Ekstase nicht einmal vorzutäuschen versucht. In manchen Menschen muß Blut mit hoher Oktanzahl fließen.

Danach die Cassette mit Filmmusiken eingelegt: *Jurassic Park, Henry V, Once upon a time in America, Day of the dead.*

Würde man heute jemanden beauftragen wollen, eine Puccini-Fälschung zu verfassen, am ehesten traute ich's John Williams zu. Die Musik zu Jurassic Park besitzt Stellen von Größe und Magie. Selbst, wo es kitschig wird, habe ich den Eindruck, es sei bewußter Kitsch, der, würde die Partitur in anderer (höherer) Funktion gebraucht werden, vom Komponisten sofort gestrichen würde. Nicht nur in der Instrumentierung zeigt die Musik Verwandschaft zum Meister, auch im melodischen Duktus und der Variierung des Materials.

Der Holocaust – Grenzerfahrung eines Jahrhunderts, das, auf Teufel komm raus, die in uns tiefgefrorenen Möglichkeiten erkunden wollte.

Aber: Mit der historischen Distanz wird das Phänomen Hitler von der Jahrhundertkatastrophe zum bizarr-schrillen Zwischenspiel, zum kurzen, zwölfjährigen Wahnsinn, zum ekstatisch-bewußtlosen Totentanz, wie es ihn einst in von der Pest befallenen Städten gab. Die tiefgreifendere Jahrhundertkrankheit war Kommunismus jeder Spielart.

Hitler lieferte, um es zynisch zu sagen, wenigstens großes Kino.

Henry V – St.Crispins-Day-Monolog, des Königs Ansprache an seine müde, zahlenmäßig weit unterlegene Soldatenschaft, kurz vor der Schlacht von Agincourt.

Unterstützt von der Musik Patrick Doyles erreicht Branagh, daß man die Worte, diese verlogen-bellizistisch-pathetischen Blähsätze laut mitsprechen möchte vor Begeisterung. Habe nachgedacht, bis es in Ordnung war. (Natürlich stand das Urteil vor der Urteilsfindung fest.) Shakespeare feiert hier die Übermacht des Wortes über Material und Statistik – auf abstrakter Ebene ein korrektes Fest – dazu ein bißchen Kaltenberger Ritterturnier, was solls...

Identifik. Callas: Perfektionistin. Die Angst des Emporkömmlings. Der Haß auf die Mutter. Die Polarisierung der Kritik. Der Wille zur Traumwelt. Die Fackel, die hell und zu schnell brennt. Das fehlende Selbstbewußtsein, wenn nur einer buht. Kritik von Freunden ist Verrat.

Der Zwiespalt jeder Kunst, die einem Ethos verpflichtet bleibt – soll man die Euphorika des »Gegners« übernehmen, obwohl man ahnt, es brächte seiner Sache mehr als der eigenen?

Babel litt heute unter einem Stimmengewirr.

6. September, Freitag

Fallobst auf den Straßen. Gerontische Wespen schleppen sich zu Fuß über den Gehsteig. Der Sommer war kurz.

Rekord: Postzustellung erst um 17:30 (Das Postamt liegt in 50 Meter Entfernung)

Anruf von A.: Die in Norwegen verlorene Geldbörse ist wieder aufgetaucht, verloren bleibt das blaue Kleid, das mir so gut gefiel. Sie fragt, ob die Konditionen, die D. bei seinem ersten Buchvertrag zugesichert bekam, okay seien. Waren sie nicht, aber wichtiger ist, daß das Buch einigermaßen nach etwas aussieht. Was man von solch dubiosen Kleinverlagen nicht erwarten darf.

Anruf von Moritz: Lobt die drei Lieder und das Bläserquartett, ich hätte Fortschritte gemacht.

Werde zu der 'Entrata' noch eine 'Partenza' schreiben, die Besetzung (C- und B-Trompete, Posaune und Tenorbaßposaune) liegt mir, glaub' ich.

Ab 18 Uhr im Club. J's Lieblingsband zur Zeit: »My Dying Bride«. Er wollte etwas über seine Probleme mit Gott und der Welt mitteilen, fand dann nicht den Mut, oder nicht den richtigen Anfang. Für ihn (19) bin ich ein alter Mann mit einer anderen Sprache.

Im Nachtkonzert 6. Symphonie Schostakowitsch, eine seiner besten, das Mahlereske im ersten Satz wäre gut genug, einen Ähnlichkeits-Wettbewerb mit weitem Abstand zu gewinnen. Tut der Größe des Werkes keinen Abbruch. Maris Janssons dirigiert besser, als von ihm gewohnt.

Beim Babel-Projekt in die Schlußphase des Rohtextes gelangt. Philosophische Meditation über den Sinn des nie vollendbaren Turms. Ging zu weit, habe das Meiste wieder gekürzt. Gruß an Bertolt.

Schönes Wort sucht Mitbewohner für einen kraftvoll wahren Satz. Längerfristige Bindung erwünscht, spätere Floskel nicht ausgeschlossen. Satzunerfahrene Wörter werden bei gleicher Eignung bevorzugt.

Das Wesenhafte dieses Turmes
bestand in seiner Nievollendung.
Es blieb noch soviel Oben übrig.
Sovieles zwischen Stirn und Sternen,
zwischen Angesicht und Angst.
Bösartige Lästerzungen,
infam und ungeheuer unten,
haben jedes neue Stockwerk
als eitles Stückwerk diffamiert,
als Stützkorsett für Großmannssucht.
Man müsse, schwätzten sie, den Bau,
mehr in die Breite ziehn, damit
der letzte Zwerg was davon hätte.
Zwei Dinge sind auf Erden unnütz:
Kritiker und Rezensenten.
Babel funktionierte, weil es
dem Wesen allen Seins entsprach.
Es schlug von weither eine Brücke
als Schneise für die Fahrt zur Neugier,
es ehrte seine Toten und
ernährte sich von ihnen.

7. September, Samstag

Sofort, wenn wir wieder zu Hause sind, einen Laserdrucker kaufen. Mit dieser Tintenstrahlscheiße hab ich ein Drittel des letzten Jahres vergeudet.

Kühl und regnerisch.

Beim Autofahren Überlegungen zur Rentabilität von Kombiwetten bei Intertops.

Acht Spiele, alle mit einer Quote um die 15:10, zusammen mit 100 Mark gewettet, brächten ein: 2563 DM. Wann hat man je alle acht Spiele richtig? Jede dreißigste Woche? Eher jede fünfzigste.

Tiefhängende Wolken, in den Bergen besonders deprimierend. Bea: »Man hat das Gefühl, etwas drückt von oben herab.«

Dann, inmitten des Grau-in-Grau, plötzlich ein Lichttableau, eine Schneise, Gemälde aus strahlendem Weiß, aus Schnee und hell angeleuchtetem Fels, wie im Traum, oder im Märchenbuch. Götterburg. Das Bild wirkt sakral, weil oben von einer schnurgeraden Linie begrenzt, scharf ausgeschnitten aus einem dunklen Rahmen.

Gebilde für Minuten. Verschwindet, vermischt sich.

Bea: »Da oben liegt weißes Zeug im Gras.«

»Schafe.«

»Oh.«

Auf dem Zirler Berg, vom Stau aus beobachtet: Almabtrieb. Früh im Jahr. Kühe folgen, willig und verfroren, dem Hirten. Der wilde Wein trägt bereits glutrotes Blattwerk.

Bea, mein süßer Vanilla-Rabe. (Trägt mein Lieblings-T-Shirt, vanillefarben, schwarzgesprenkelt.)

»Die sind lecker, die Vanilla-Raben. Übrigens, die Fotos im Südfrankreich-Bildband sind alle spätnachmittags aufgenommen. Wahrscheinlich ist es dort nur zu dieser Uhrzeit schön. Und die Gebäude sind alle sehr schattig photographiert, daß man von den Gebäuden kaum etwas erkennt. Wahrscheinlich ist das Kunst.« Sie grinst mich an, wir lachen, das Leben ist eine fröhliche Fahrt. Unser Reiseenthusiasmus ist seit dem Vormittag deutlich gestiegen. Brennero – alles wird blauer, grüner und brauner (dank der verrosteten Leitplanken der Autostrada).

Unser beider Leben gleicht einem langen, langen Calvin&Hobbes-Comic, (Bea, niedlichtuend: »Ich bin Hobbes…«) mit nicht festgelegten Rollen. (»Ich bin Hobbes.« Bea insistiert.)

Um mit Dr. Rönne zu sprechen: Wieder geschieht uns die Olive. Unverbraucht.

Ich würde gerne einmal auf einer Schautafel visualisiert sehen, welche chemischen Prozesse sich in meinem Kopf abspielen, wenn er das Schlußduett aus Monteverdis 'Krönung der Poppea' hört. Adrenalin, Endorphine, und noch etwas anderes, der Spiritus Sanctus sozusagen, numinoses Glück, das unendliche Geborgenheit ahnt.

Was jede Vorstellung des Paradieses zerstört, ist dessen Stagnation. Es bleibt nur die Allianz mit dem Vorhandenen.

Jeder ist glücklich, der seine Möglichkeiten genutzt hat. Glücklich ist der Dumme zuerst. Für alle anderen geht die Glücksuche von Anfang an einher mit der Formulierung glaubhafter Ausflüchte.

»Arbeit haben und dumm sein – das ist Glück!« (Benn)

Beide Tatbestände sehe ich an mir erfüllt. Ich bin ein Ofen, und dumm wie Stroh, lege Hand an mich, fütter das Feuer, fütter mein Ego…

Im Radio 'Locomotion' – Little Eva, 'Barbara-Ann' – Beach Boys, 'Sweet Home Alabama' – Lynyrd Skynyrd, Ferienmusik. Auf dem Klassiksender kommt eh nur Brahms, drittes Klavierquartett, klingt wie mittlerer Schubert, nur kälter, härter, bärbeißiger.

Es ist warm, die Sonne unverstellt. Auf der herrlichen Bergstraße zwischen Trient und Arco türkisfarbene Seen, bekränzt von Schilf und Felsmassiven, Weinspaliere in jeder ausgesparten Ebene, dann wundersame alte Gebäude, schlanke Kirchen, steinerne Scheunen oder deren Ruinen, junge Olivenbäume, riesige Zypressen.

Der Oleander blüht.

Limone – teurer Ort voll älterer deutscher Ehepaare, 140.000 Lire für ein Doppelzimmer ohne Fernseher. Wollten uns in Gardone die D'Annunzio-Villa ansehen, war schon zu spät, fuhren weiter und weiter, nach Brescia und dann, in der Hoffnung auf die dortige Hoteldichte, nach Desenzano. Dämmerung. Nacht. Eine Katastrophe – im Ort findet Europas größtes Biker-Treffen statt, die Straßen sind voll mit silberpolierten Maschinen, die Hotels mit deren Reitern. Wir fahren eine Ewigkeit kreuz und quer durch die Gegend am Arsch des Lago di Garda, suchen in Peschiera, Bardolino, Sirmione.

Beatrice, inzwischen seit neun Stunden am Steuer, kann kaum noch aus den Augen sehn, das Benzin geht bald aus, ich verfluche den Urlaub.

Endlich, um 22 (!) Uhr, in der City von Verona, ein Vier-Sterne-Hotel (Leopardi), 200.000 Lire, dafür ein schönes Bad, mit riesigen, gegenüberliegenden, einen Schacht ins All treibenden Spiegeln, in denen ich jetzt mich, und 20 bis 30 andere Helmuts, in der Ferne verschwinden seh.

Helmut und Beatrice. Poetische Diskrepanz der Namen. Wie Karl-Otto und Carlotta. Meine Mutter schwankte zwischen Stefan, Helmut und Bernhard. Welch Phantasiepotential!

Zu Anfang warn die Zeiten salzig.
Wir paßten manchem Weltentwurf
nicht ins geheiligte Konzept.

Die Sintflut überstand der Turm,
entgegen andrer Propaganda,
zwar mühsam, aber irgendwie.
Wir rückten oben eng zusammen
und saßens aus. Es gab viel Fisch.
Noahs Arche schwamm vorüber,
blasiert, die Luken dicht geschlossen,
als wär ihr unser Winken peinlich.

8. September, Sonntag

Beim Aufwachen nach mieser, unruhiger Nacht schönes Fensterbild: Links unten ein rotes Ziegeldach mit Katze, ansonsten blauer Himmel. Könnte man so als Poster verkaufen.

B: »Guck, wie verknüllt ich ausseh, wie aus der Mülltonne gezogen.«

Rief gestern um elf noch bei Albert an, er wußte alle Fußballergebnisse, auf ihn kann man sich verlassen. Leider hatte ich fast alles falsch getippt.

Fahrt nach Mailand, bei zähflüssigem Verkehr. Keine Wolke zu sehn. Viel wilder Hopfen. Der Himmel ist azurn, am Rand etwas dunstig. Gute Fernsicht.

Zur Rechten das Val Camonica, das wir bei der Melodien-Recherche zu besuchen versäumten. Mangoldfelder, Mais, Pferde. In Wien gabs des öfteren Imbißbuden mit Pferdeleberkäs'.

B: »Lieber Bergamo als Berg am Laim.«

Im Mailänder Dom recht beeindruckend: Eine Steintafel, auf der alle Erzbischöfe der mailändischen Kirche verewigt sind, 142 Stück, vom Jahr 51 n.Chr. bis zum jüngsten, dem Kardinal Martini, gewählt 1980. Bei genauerem Hinsehen scheint der Beginn der langen Reihe ein wenig gemogelt, der 4. bis 6. Bischof soll jeweils 52 Jahre, der 3. immerhin 40 Jahre geherrscht haben. Aus dieser Zeit waren wohl einige Daten einfach nicht vorhanden.

Standen ehrfurchtsvoll am Grab des Carlo Borromeo, gest. 11. 10. 1631.

Es war gerade Messe. Die große Orgel besaß einen weichen, sanften Klang, ihr Spektrum enttäuschte ein wenig im Schlußforte der Marcia, wo sich der Organist, ein Virtuose, zu ungestümer Leidenschaft aufschwang.

Den Leib Christi gibt es nur, solange Oblaten vorhanden. Der Rest der Schlange wird zurückgeschickt.

Danach mit dem Ascensore vierzig Meter hinauf, aufs Dach des Doms. Schreckliche Entdeckung: Ich bin höhenkrank. Auf der kleinen Treppe zur höchsten Ebene bekam ich Schweißausbrüche und Schwindelgefühle, mußte mit den Händen die Stufen vor mir berühren. Obwohl ein Hinunterstürzen, selbst bei vorhandener Absicht, geradezu unmöglich war. Das gibt's doch nicht – ich bin im 8. Stock eines Hochhauses aufgewachen und hatte nie Probleme damit. Sogar, die Treppe hinabzusteigen (man sah zwischen Stufen und Geländer die winzigen Spielzeugbuden und Liliputaner unten auf dem Domplatz), machte mir Angst, ich schaffte es schließlich, weil von hinten gedrängt wurde. Komme mir wie behindert vor, sehe *Vertigo* plötzlich mit anderen Augen. Bea tröstet mich: »Das weckt meinen Mutterinstinkt. Früher hatte ich das auch, jetzt nicht mehr, hat mir überhaupt nichts ausgemacht da oben. *Superfrau* hätts da noch lange ausgehalten, aber *Schwachman* mußte wieder runter.«

In der Galleria gesehen: Eine wunderschöne Frau mit ewig langen Beinen und einem atemberaubend kurzem Rock. B.: »Eher ein verlängerter Gürtel.« Bemerkenswerter Kontrast: Eine andere Frau, eigentlich jung und gutaussehend, die sich als Leiche geschminkt hatte, mit Wangenwachsbleich und Lippengrau. Furchterregend.

Überall in der Galleria, (die viel kleiner ist, als ich dachte,) Asiaten, die über den Boden robbende batteriebetriebene Blechsoldaten verkaufen.

❧

Die Scala ist wunderschön, alles mit glutrotem Samt ausgeschlachtet, auch die Bestuhlung, ein feierliches Bad in Wein und Blut. Im Scala-Museum ein apartes, für die Entstehungszeit sehr natürliches Porträt der Malibran. Als ob sie einem gleich zuzwinkern würde.

Das Spinett, auf dem Verdi seine ersten Tonleitern übte. Auf den obersten Tasten hatte er (oder irgendwer) eingeritzt, welchen Ton die jeweilige Taste hervorbringt (brachte): C-D-E-F.

Wagners Sterbemaske, besser gesagt: Eine von Wagners Sterbemasken. Kurios auch die vielen Zeichnungen des auf dem Totenbett ruhenden Verdi. Ich kann mir vorstellen, daß sein Sterbezimmer mit Porträtisten voll gewesen ist, das muß ausgesehen haben, wie in einer Malerklasse. Gleich beim Eingang hängt ein unglaublich scheußliches Porträt der Callas von einem (oder einer) gewissen Sartini.

Dagegen im ersten Stock ein grandioses Werk von *Maria Antonietta Gambaro*, Öl, schwarz und weiß, fängt mit wenigen Strichen Marias Wesen und Tragödie ein. Beim Verkaufsstand gab es – angeblich aus rechtlichen Gründen – nur die Scheußlichkeit als Postkarte, ich schimpfte darüber, und prompt wurde Bea erlaubt, das Bild im ersten Stock zu fotografieren, entgegen strengstem Verbot. Wäre das was für den Umschlag von *Toy*? (Nicht, wenn auf der U4 schon Maria mit den beiden Pudeln drauf ist. Oder doch?)

Es gab *ein* Callas-Poster zu kaufen, ein Photo verwendend, auf dem sie am wenigsten wie sie selbst aussieht, vielmehr der jungen Deborah Kerr in Quo Vadis ähnelt.

Ich wußte noch nicht, daß Victor de Sabata ein eifriger Komponist war.

Dank Bea, die schnell eine Toilette brauchte, im »Burghy« (ital. Variante des Burger King) eine gute Entdeckung gemacht: die vielfältige Salatbar, darunter der Nudelsalat mit Gamberini und Ruccola und der mit Erbsen-Sahne-Käse-Sauce, sehr billig, sechs Mark für eine große Portion. Besonders reizend: in kleinen Tütchen abgepackt und gratis warn nicht nur Salz und Pfeffer, Mayonnaise und Ketchup, sondern auch Olivenöl und Rotweinessig, alles von hochwertiger Qualität.

B.: »Soll ich ein Bild von Mailänder Tauben machen? Die hab ich noch nicht.«

Gegen drei Uhr Weiterfahrt nach Pavia, auf einer kleinen, frischgeteerten, tiefschwarzen Straße, sehr hübsch – der längst trockene Mais wird bei tiefer Sonne zum Flammenmeer.

Wollten eigentlich den berühmten Mailänder Friedhof ansehen, aber die Zeit drängt. Warum eigentlich? Zeit: »Ich kann nicht anders.«

Beatrice erzählte, daß ihr Vater, der weiß, wo sich manche niederbayerische Radarfallen verbergen, vor denen immer besonders langsam fährt, damit andere ihn überholen und prompt reinrassseln. Könnte von Polt stammen.

Immer beim Vorüberfahren an den ersten Häusern eines Dorfes – man könnte sich in einem dieser Häuser nieder- und eine Geschichte beginnen lassen. Oder ein völlig neues Leben. Die Welt besteht aus Billionen von Plätzen, an denen etwas geschieht, und wir haben davon keine Ahnung. Wieviele Möglichkeiten es gibt, gemessen an der Aussicht, daß von keiner etwas bleibt. Wirklich großzügig.

Die Kirche der Certosa von Pavia enthält in ihren Sockeln eine kleine Weltgeschichte – runde Portraitreliefs von Nebukadnezar, Alexander Magnus, Romulus und Remus, Julius Caesar, dem Perserkönig Darius und einiger willkürlich ausgewählter römischer Kaiser – Nero, Galba, Vespasian, Domitian, Nerva – was nahelegt, daß zuerst die Kaiserreliefs vorhanden waren, das andere dazugefertigt wurde. Was sich auch in der handwerklichen Qualitätsdifferenz niederschlägt.

Sehr beeindruckende Kulisse. Das erste und dritte Kreuzgewölbe nach dem Portal ist bemalt mit blauem Grund und gelb-goldenen Sternen – wie das Mosaik in Pasqualinis Keller. Wieder ein Kreis, der sich schließt: In Pavia traf Castiglio mit Agrippa zusammen. Ich hätte viele Stunden hier verbringen können, wir hetzten aber nur durch, gedrängt, diesmal nicht nur von der Zeit, auch von Tausendschaften Bustouristen. Der Zahl der Klausen nach müßte die Kartause für nur 32 Mönche (und ein paar Novizen) gebaut gewesen sein.

Safrangelb die Hirsefelder. Ist es Hirse?

Lange kein Hotel in Sicht, deswegen in Alessandria das erstbeste genommen (Londra), gingen essen in einem kleinen, sauberen Restaurant (Conca d'Ore) zwei Straßen weiter. Die Speisekarte war reichhaltig, aber auch hier gab es keine Bagna Cauda, angeblich das Piemonteser Nationalgericht, dazu noch in Alessandria, sagt man, erfunden.

Die Stadt bietet nicht viel, kannte, bevor wir kamen, Touristen nur vom Hörensagen. 1800 fand in der Nähe die Schlacht von Marengo statt, in der Napoleon die Österreicher besiegte.

Gingen früh schlafen, lagen wie erschossene Pferde im Bett, 12 Stunden am Stück.

9. September, Montag

Am Morgen bezahle ich das Zimmer und vergesse, mir eine Quittung geben zu lassen. Während ich die Koffer ins Auto bringe, geht Beatrice los, das Versäumnis nachzuholen. Und was probiert diese Schnepfe von Portiersfrau? Doppelt zu kassieren. Behauptete, ich hätte nicht bezahlt, aber weil ich dazukam und ihr ja erst fünf Minuten zuvor das Geld überreicht hatte, hielt sie den Schwindel nicht durch und gab auf. Wir verzichteten auf das Frühstück in diesem Hotel, tranken Kaffee, bzw. Tee in einer Autobahnraststätte. Habe selten einen so guten vierfachen Espresso erwischt. Praktischer Autofahrer-Imbiß: eine *Rutola*: Pizzabrot, Kopfsalat, Schinken und Käse, kunstvoll ineinandergewickelt.

Unterhalb Tortona, Richtung Genua sehr toskanische Landschaft. Grenze vom Piemont zu Ligurien. Oberhalb Genua das stählerne Monster der Polcevera. Was für eine Brücke, wie aus einem Science-Fiction-Film! Hier könnte man die Neufassung von Metropolis drehen.

Skurrile Fabrikanlagen, in die Berghänge hineingebaut, grün gestrichen, wie von Grünspan überzogen. Links und rechts neben der Fahrbahn höchste Stockwerke einsturzgefährdeter Hochhäuser. Die Straßen sind in einem komplizierten Röhrensystem ineinander verschlungen, oder scheinen frei zu schweben, an unsichtbaren Trägern aufgehängt. Nebeneinander von winzigen, verfallenen Häuschen und monströsen architektonischen Scheußlichkeiten. Wolkenkratzer, mit drei, vier Stockwerke hohem Durchbruch, man fährt zwischen Schlaf- und Kinderzimmern durch.

12:14 – Sicht aufs Meer.

Wenn es hier mal ein anständiges Erdbeben gibt, werde ich zum Dokumentarfilmer.

Bea: »Warum fühlt man sich so zum Meer hingezogen? Weil man selbst zu 70% aus Wasser besteht?«

Redeten über das Reisen in hundert Jahren. Förderbänder im Untergrund, oder Magnetbahnen mit Schallgeschwindigkeit? Das einzig revolutionäre Fortbewegungsmittel wäre das Beamen. Den Körper in seine Atome zerlegen und diese per Trägerstrahl durch eine Lichtleitung schicken. Gingen beim Zerlegen und Zusammensetzen Persönlichkeit und Bewußtsein verloren? Knüpften sich die Neuronen zusammen wie zuvor?

Um die Masse des zu bewegenden Transportguts zu reduzieren, könnte man auf die Wasseratome verzichten, eine Dehydrierung vornehmen. Eine große Pfütze bliebe, der Rest ginge auf Reisen. Bea: »Außer es geht in die Wüste.« Vielleicht gibt es aber in hundert Jahren keine Wüste mehr? Mit einem rentablen Verfahren, das Salz- zu Süßwasser filtert, könnte binnen weniger Jahre ein Kontinent aus fruchtbarem Boden gewonnen werden. Vielleicht heißt es dann: 'Die Wüste blüht. Wohl dem, der Wüsten besitzt.'

»Du meinst, wenn man seinen Enkeln was Gutes tun will, sollte man schnell noch ein paar Wüsten kaufen?« »Genau.«

Abseitige Frage: Warum haben Cuxhaven und Coburg die deutsche c zu k-Verschiebung überlebt, Cassel aber nicht? Kamen darauf, weil es einen Wegweiser nach *Celle* gab.

Bei Imperia Wechsel auf die Küstenstraße. Die ersten Palmen. Möwenmobile über den Klippen. Blühende Agaven, fruchtende Feigenkakteen.

In San Remo Logis genommen im Hotel Milano, nah am Zentrum. Die Stadt hab ich vor sechzehn Jahren letztmals gesehen, kommt mir gewachsen vor, viel lauter und lebhafter.

Im Kabelfernsehen seltsame Senderauswahl an deutschen Programmen: BR, WDR und MDR.

Spaziergang zum Casino. Die dort in den Festsälen stattfindende Callas-Ausstellung öffnete erst um 17 Uhr, verzockten deshalb hunderttausend Lire im kleinen Spiel. Zutrittsüberwachung und Kleiderordnung wird völlig leger gehandhabt, ganz anders als letztes Jahr in Venedig.

Numinos – die Ausstellung sollte eigentlich nur bis Ende Juli laufen, wurde dann bis morgen verlängert – wie für uns.

Sehr viele Fotos, die meisten kannte ich, waren aber auch einige aufregende dabei, vor allem aus der Frühzeit von Marias Karriere, eines zeigte sie mit fettem Gesicht, noch viel fetter als auf jenem Bild, das ich für Toy ausgewählt habe. Einige von Marias Kleidern und Kostümen waren vorhanden, wirkten bizarr, weil so neu. Wie konnte deren Trägerin seit bald zwanzig Jahren tot sein? Eines der Fotos zeigte deutlich den Anflug eines Oberlippenbartes, den ich mir einmal notiert hatte, und später, weil er nie wieder zu sehen war, als Schattenspiel abtat.

Nagy erwähnt übrigens gewisse Personen, wichtig in der Callas-Biographie, kein einziges Mal, z.B. Elsa Maxwell, oder Di Stefano. Obwohl dahinter natürlich die Entscheidung stand, Nagys Nacherzählung nicht ausufern zu lassen, wirken diese Auslassungen stimmig, wie ein stur durchgehaltenes Prinzip, ja wie ein Ehrenkodex. Eine Stelle, in der er diese Eliminierungen erwähnt und begründet, habe ich gestrichen. (»Ich könnte noch viel erzählen an Bitterem. Einige Personen mit Namen zu erwähnen, weigere ich mich. Existenzen gibt es, über die zu berichten jenseits der Schamgrenze liegt.«) Dem Leser zu sagen, man würde etwas weglassen, ihm also verschweigen, kommt nie gut.

In einem ordinären Supermarkt sahen wir ein kleines Paradies: Ähnlich wie bei uns in der Obst- und Gemüseabteilung gab es dort Fisch und Meeresfrüchte aller Art, mit dem Schöpflöffel in Tüten abzufüllen. Die Meeresfrüchte waren teils vorgewürzt, der Fisch sinnvoll portioniert.

Saßen dann eine Weile am Meer. Ein riesiger Welpe kam vorbei, vermutlich Sennerhund oder ähnliches, der beschnupperte einen in Relation zu ihm winzigen Yorkshire-Terrier.

Bea – »Was für ein Getüm!« – fragte sich, ob trotz verschobener Proportionen der Terrier den Senner noch als Welpen erkennen und ihm Welpenfreiheit gewähren würde. Kam jedenfalls zu keinem Konflikt.

In San Remo sang Maria Callas nur einmal, im Jahr 53, zusammen mit Benjamino Gigli, ein Konzert diverser italienischer Arien.

Abendbrot mit Abendsalami und Abendkäse auf dem Zimmer.

Später die Via Aurelia westwärts nach Monte Carlo. In Menton hab ich vieles wiedererkannt, in Monaco kaum etwas. Glanzvoller, auch hybrider Anblick, ich wäre lieber in den Fünfzigern hier gewesen, oder vor hundert Jahren. Das Café Paris hat angebaut, ist riesig geworden und unpersönlich. Hier gibt es Black-Jack-Tische, im großen Spiel nicht. Die Decke des Casinos begeisterte mich. Sah beim Spielen ständig nach oben. Ansonsten war es todlangweilig, kein Vergleich etwa mit Velden. Eine der Slot-Machines spuckte 1000 Francs aus, das minimierte unsere Verluste beim Roulette.

Schon um 23 Uhr zurück, diesmal Autobahn. Beas neues Lieblingswort, wenn unten an der Küste eine Stadt mit Beleuchtung um sich wirft: »Sehr lichtig.« Klingt, wenn ich es aufschreibe, wie aus einem Chinesenwitz.

Sahen, noch auf französischer Seite, einen Mann, der sich, mitten in tiefdunkler Pampa, auf dem Pannenstreifen fortbewegte, schnell gehend, aber nach jedem zweiten Schritt mit beiden Händen die Leitplanke berührend. Was wollte er da oben? Die nächste Gelegenheit, die Fahrbahn zu verlassen, bot sich ihm erst nach ein paar Kilometern. Wollte er sich umbringen? Von einer der Brücken stürzen? Betrunken sah er nicht aus, um Hilfe bat er ebensowenig.

Von Babels Panoramaplattform
konnte man, bei klarem Wetter,
Atlantis sehn am Horizont.
Im Norden sahn wir Glanz und Rauch,
ein Abendrot aus Opferfeuern,
vom Partygrill des großen Baal.
Der Süden war uns fremd, versphynxt,
morbid, voll toter Pharaonen,
entsorgt im plumpen Tetrapack.

Dienstag, 10. September

Morgens um halb neun geh ich Zeitungen holen, und zwei Leichenwagen biegen um die Ecke der Strada Giorgio Pallavicino, laden vor der Kirche an der Piazza zwei Särge aus.

Kurz vor zehn Aufbruch nach Frankreich. Blättere im Bildband 'Provence', Begleittext von Hermann Schreiber. Auf den ersten Seiten Zumutungen wie diese:

'Die durch einen *unerforschlichen Ratschluß zum Spinnenmoloch gewordene* Stadt Nimes' (...) oder, noch schöner: (...) 'blieben dieser Südpforte Mitteleuropas auch treu, als sich *die Humuswoge aus Mauren und spanischen Juden* verlaufen hatte.'

oder: *'Die Sonne einer gewissen Zärtlichkeit liegt* selbst auf den politischen Formen' (...)

oder: (...) 'kommt aus einem in *Jahrtausenden gespeisten Potential beträchtlicher Beharrungskräfte.'*

Aufzählung wäre beliebig fortzusetzen. Wenn Volkshochschullehrer Stilisten sein wollen...

Ich werde jedenfalls nicht, wie irgendwelche bekloppten Lyriker, auf den Mont Ventoux steigen. Dieses Wallfahrtsgeschwafel kotzt mich an. Diese pseudohumanistische Schwülstigkeit, dieses innere Nachbeben, Nachbeten, Mit-fremden-Federn-Fliegen. Für Petrarca war die Besteigung des Mont Ventoux ein Abenteuer, für die andern ein Stück Erbaungstourismus. Mein verehrter Petrarca – der Titel *poeta laureatus* muß ihm wie Hohn geklungen haben – Laura in Person wär ihm sicher lieber gewesen. (Sie hieß mit Nachnamen, behauptet man, De Sade – verwandt mit dem Marquis?)

Um elf Uhr Ankunft in Nizza. Das Verkehrschaos größer als in jeder italienischen Stadt.

Den ganzen Vormittag ging mir eine Melodie im Kopf herum, erst am Mittag bekam ich heraus, was es war: Beginn des Finales *Kleine*

Dreigroschenmusik von Weill. Hatte sich beim Anblick der Leichenwagen eingestellt.

Sahen uns die Altstadt an, gingen auf den Markt, es gab erstaunlich viele Milchreizker (*Lactaires*), die bei uns gerade mal so eben als genießbar gelten. Sehr farbenüppig: Die Stände mit den kandierten Früchten. Entzückende Gemüsezüchtungen, Kreuzungen aus Blumenkohl und Broccoli, Radieschen in Zigarilloform. Man möchte sofort eine Wohnung mieten, vielmehr: ein paar Kochplatten. Mopse scheinen die beliebteste Hunderasse. Deckten uns mit Oliven und Chorizo ein. Aßen in einer winzigen Brasserie eine superbe Pizza à quatre Formages sowie mit Hackfleisch und Thunfisch gefülltes Gemüse.

Auf der Suche nach der Autoroute Richtung Aix fahren wir eine halbe Stunde lang einen steilen Berg hinauf, eine halbe Stunde lang die andere Seite des Berges wieder herunter, um Luftlinie etwa einen Kilometer zurückgelegt zu haben.

Gen Westen viel roter Sandstein, fällt durch die Überwachsung wenig auf, nur eben an den Böschungen der Fahrbahn. Schilder dort weisen nicht etwa auf die nächste Ausfahrt, sondern auf Sehenswürdigkeiten in der Landschaft hin, so z.B. auf den Montagne St.Victoire, als der aber noch lange nicht zu sehen ist. Hmm.

In Aix einlogiert im Pierre&Vacances, danach kreuz und quer durch die Stadt spaziert, Place de la Rotonde, Boulevard Mirabeau, Cathedrale Saint Saveur, Place de la Comuno – mit dem Glockenspiel. Beim rechten Maß an Spätlicht eine Delikatesse von Stadt.

Der Flair der Plätze liegt in ihrem großzügigen Ausmaß begründet, bei relativ kleinen Häusern, und den Platanen mit ihren Weißflächen im Stamm. Der Rest ist Licht und eine gewisse Auswahl bei den Farben des Mauerputzes.

Muß meine Kenntnisse französischer Mittelaltergeschichte dringendst vertiefen.

Auffällig: Warum gibt es bei uns eigentlich keine Drehlitfaßsäulen?

Zuviel Energiekosten?

Abendbrot im Zimmer.

Beatrice hat in San Remo eine Plastiktüte liegen lassen, mit einem ihrer Pflanzenbestimmungsbücher darin und den Steckdosenadaptern fürs Notebook. Ich sagte ihr am Morgen: Schau dich nochmal im Zimmer um! Tatsächlich blieb die Tüte neben dem Auto auf dem Hotelparkplatz stehen. Am Nachmittag, ich bin froh, fuhr sie in der engen Tiefgarage eine Schramme in den Kotflügel, die Zierleiste brach ab. Froh, weil – so lange kein Unfall – und dann so läppisch.

Das hiesige Spielcasino ist der Rede nicht wert. 500 Franc gingen drauf. Rest des Abends mit einer Literflasche *Kronenbourg* vorm Fernseher – Valencia-Bayern, 1. Runde Uefa-Cup, verschneite Zusammenfassung auf Eurosport, der Ton ist kaputt. 3:0

11. September, Mittwoch

Wollen die Reise langsamer angehen lassen.

Haben idyllisch gefrühstückt auf einer der herrlichen Autobahnraststätten, die es hier gibt, unglaublich großzügig angelegt, mit etwa sechzig Sitzgruppen, jede mindestens fünfzehn Meter von der nächsten entfernt, jeweils im Schatten eines Olivenbaumes oder einer Ölweide. Bea wirkt nicht mehr so mißmutig.

Einfaches Mahl aus Thunfisch-Ei-Oliven-Baguette, Schokocroissants, Wasser, Apfelsaft und Espresso aus dem Automaten (leidlich in Ordnung)

Richtung Avignon. In der Peripherie dieser Stadt unterbieten sich Hotels mit Billigangeboten.

Erwischten (Hotel Christol) einen Bungalow mit Bad und Kabel-TV (nur franz. Sender) für 200 Francs die Nacht, etwa 65 Mark.

Dann ins Centre de la Ville, durch die Markthallen (Les Halles), glotzten fassungslos die dargebotene Vielfalt an. Ich wußte nicht, daß Deutschland kulinarisch ein solches Entwicklungsland ist.

Komme mir steinzeitlich vor. Deprimierend das Pilzangebot. Deprimierend, weil man nichts davon probieren kann. Totentrompeten heißen hier entsprechend *'Trompetes des morts'* an anderen Ständen aber *Tronquettes des Maures* = 'Maurenstämmchen'. Bei uns unbekannt sind die *Chanterelles,* vielleicht ein Baumpilz.

Die Reizker mit dem *roten* Saft, die auch in deutschen Büchern als einigermaßen schmackhaft gelten, heißen *sanguins. Pieds bleues* – 'Blaufüße'. *Pieds des Moutons* – Semmelstoppelpilze.

In einem Plattenladen hörte ich bewegende Teile einer Aufnahme des Fauré-Requiems. Dirigent: Michel Corboz, der schon einen der besten Monteverdi-Orfei aufnahm. Schockierend die Preise der CDs: Der Fauré (1 CD) hätte (weil Neuheit) 282 Francs gekostet, etwa 85 Mark, bei uns höchstens 34, eher sogar unter 30. Es gibt wieder einen Grund, in D zu leben.

Sur le pont d'Avignon. Nirgends ist nachzulesen, wann dieses Lied entstand, aber T-Shirts mit dessen Noten drauf, die werden sorglos verkauft. Vor dem *Palais des Papes* spielt ein begabter Querflötist das Ave Maria zu Klavierbegleitung vom Band, beweist so die gute Akustik des Platzes.

B. hatte wenigstens einen Urgroßvater, der wohlhabend war, dann aber alles verlor. In meiner Ahnenreihe gibt es nur Tagelöhnerinnen, bis auf einen Professor der kath. Theologie und Philosophie, Hans Jäger, der, bzw. dessen Witwe *(im Prozeß)* meinen Großvater nicht legitimierte, obwohl der Richter sie fragte, ob sie bei der Ähnlichkeit, die er mit ihren ebenfalls anwesenden Söhnen besaß, »guten Gewissens sein könne«.

Warum denke ich daran? Wohl weil ich ein schönes Haus sah, viele schöne Häuser, und dachte: Kann es so schwer sein, sich ein Haus zu erwerben? Ein Stück eigenes Land?

Avignon ist noch bezaubernder als Aix. Störend steril nur der Straßenbelag des Einkaufssviertels – geleckte Marmorböden, dazu profillose Allerweltsgeschäfte, wie Duty-Free-Shops am Flughafen.

Ich hätte soviel zu schreiben. Hab aber Urlaub.

Fürs Abendessen eingekauft, nahe dem Hotel, im Einkaufszentrum Géant. Die Lebensmittelabteilung deprimierte uns noch viel mehr als die Markthallen am Morgen.

So müssen Fische gestaunt haben, als sie im Devon aufs Land zu kriechen begannen. Was es alles gibt! Und wie man es verpacken und/oder kombinieren kann.

Allein an Brotsorten gab es ca. 400 zur Auswahl, alles andere stand dieser Relation in kaum etwas nach, z.B. an die 100 Sorten Bier. Andererseits gab es, das fand ich äußerst arrogant, bis auf je eine Sorte Chianti und Valpolicella, nur französischen Wein, weder Rioja noch Retsina, geschweige denn Zweigelt. Auch fand sich kein Meerrettich für den Rote-Bete-Salat.

Wir nahmen etliche Forschungsobjekte auf gut Glück mit, und hatten eher Pech. Die *Andouille*, eine teure, in dünnen Schichten aufgerollte (Baumkuchenprinzip) Wurst mit geräucherter Haut, sah schmackhaft und interessant aus – und schmeckte ekelhaft, roch ekelhaft, wie verwestes, an manchen Stellen angekokeltes Pferd. *Andouille* muß allerdings ein so dehnbarer Begriff sein wie etwa Salami, er kommt auch in der Cajun-Küche häufig vor. Ingredients: Chaudins de Porc, Estomàc de Porc, und diverse Éspices.

Chaudins steht nicht im kleinen Lexikon, klingt nach Kaldaunen, mit der Assonanz liegt man vermutlich richtig. Den *Champignons à la Grecque* fehlte es an Würze.

In Sachen Wurstsalat kann die französische der bayrischen Küche auch nichts vormachen. Der *Cervelas Sauce Vinaigrette* schwamm in einer Art wässrig-essigen Erbswurstbrühe mit Kräutern, die (waghalsige Idee) Zwiebeln zu ersetzen nicht imstande war. Der *Museau de porc à la provencale* schmeckte fad. (*Museau*, schlägt Beatrice nach, bedeutet *Schnauze.* Also ein Schweinemaulsalat)

Wirklich gut nur das Walnußbrot und die Himbeertörtchen mit einer Füllung aus Vanillepudding. Dazu ein billiger Grenache/Vin de Pays D'OC – schmeckt ordentlich und leuchtet rubinrot wie ein zum Puff umgebauter Leuchtturm.

Beatrice leidet seit Wochen an einer Art Schlafkrankheit. Vor allem, wenn sie liest, wird sie nach einer halben Stunde müde und schläft ein, wie jetzt wieder.

Sahen im TVF1 die Vorschau zum nächsten Travolta – *Phenomenon.* Mir fiel auf, daß ein Tschortsch in der Synchronisation zu Schoorsch, ein Rotscher zu Rosché mutiert war. Bei uns käme niemand auf den Gedanken, einen Georg oder Roger draus zu machen.

Gegen sieben erneut in die Stadt. Kaufte einem Straßenhändler einen billigen Ring ab, mit Schweinsgesicht. Groß genug, Zigaretten darin auszudrücken.

Der Papstpalast wirkt in der Dämmerung noch gewaltiger. Zartes Abendrosa, durchbrochen von langgezogenen hellblauen Inseln. Die Stadtmauer von Avignon ist vollständig erhalten.

Später vorm Bungalow gesessen, Tagebuch geschrieben. Dank des Notebooks ist die Arbeit tatsächlich mit dem Monatsende erledigt. Man tippt auch mehr in dieses Ding, als man auf Zetteln notieren würde. Aber ein einziger Regentropfen auf die falsche Stelle in der Tastatur, und das Ding stiege aus.

Die Leichen der Feinde treiben vorbei –
ich wink ihnen zu, vergeb ihnen allen.
Flußabwärts hockt einer,
der wartet auf mich.

12. September, Donnerstag

Morgens halb zehn Aufbruch nach Orange, bei wolkenfreiem Himmel.

Am Chateauneuf du Pape vorbei.

Im Text des Bildbands finden sich häufige Erwähnungen Handkes, der über hiesige Spaziergänge scheints ausgiebig salbadert hat.

Lila und minzgrün gestrichene Fensterläden bei ockerfarbenem Putz.

Orange hat uns beim Durchfahren wenig begeistert, es fand sich auch kein günstiges Hotel, also eines, das zugleich billig ist, mir aber Nachtarbeit ermöglicht, ohne daß ich Beatrice die Schlafluft vollqualme. Fuhren weiter Richtung Nimes, verfehlten die Abzweigung, fuhren nach Arles. Nie zuvor sah ich so fette Elstern. Eine Schulklasse kreuzt die Fahrbahn, alle tragen Wurfspeere. Seltsamer Schulsport für ca. Zehnjährige.

Dabei fiel mir ein – mein letztes Auftreten als Statist am Nationaltheater fand im *Liebesverbot* (Wagner) statt, unter der Regie von Ponnelle. (War's nicht auch eine *seiner* letzten Inszenierungen?) Jedenfalls hielt Ponnelle eines Vormittags einen Vortrag, daß der Kampf eines Schwertes (oder Degens) gegen eine Lanze sinnlos sei, weil das Schwert keine Chance habe, deshalb wolle er für diese und jene Szene eine andere Lösung blabla...

Habe drüber nachgedacht und bin zu einem ganz anderen Ergebnis gekommen. Das Schwert, mit einiger Wendigkeit geführt, müßte sogar Vorteile besitzen, zumal mit Unterstützung eines Schildes. Auch spricht, wie B. richtig einwendet, gegen Ponnelles These, daß im römischen Circus der Schwertkämpfer gegen den Dreizack eine beliebte Paarung bildete, wobei der Dreizack zusätzlich noch über ein Fangnetz verfügte. Wie man durch Asterix oder Spartacus weiß. Wieviel Zeit man mit solchen Problemen vertut! (Warum nicht?)

Riesige Felder schwarzer Sonnenblumen. Stehen kurz vor der Ernte. Bea fragt, warum kein Vogel zu sehen ist, der sich an den reifen Körnen gütlich tut, wie's von der Natur vorgesehen ist.

Erste Camargue-Pferde.

Suchten in Arles lange nach einer geeigneten Unterkunft, mußten uns mit dem Hotel Campanile zufrieden geben. Originelle Aufmerksamkeit: eine kleine Kaffeemaschine, Tassen, Instantpackungen Bohnenkaffee sowie Teebeutel.

Arles atmet griechische Helle. Häuserputz oft creme-beige, oder milchfarben, dazu hellblaue Türen und Fensterläden.

Überall Auslagen voller Van Gogh-T-Shirts. Mit dem übermäßigen Erfolg eines Künstlers, selbst eines Giganten wie Van Gogh, setzt sich in der Schicht der Kunstbeflissenen ein Mechanismus in Gang, den zum Logo mutierten Künstler herabzusetzen. Auch ich fände es peinlich, ein Van Gogh-T-Shirt zu tragen, aber wieso? Die Dinger sehen auch noch nett aus. Ich hasse es, zu sein wie viele andere, obwohl ich mir bewußt bin, welche Vorteile das birgt.

Jeffrey Lee Pierce – mein Idol als Sänger – jetzt grad ein halbes Jahr tot.

Durch die uneinheitliche Bauweise und -höhe entstehen jede Menge Lichtflecken in den Gassen, die sich dann wie Erscheinungen gerieren, und die Mär vermären, hier gehe es heller zu als sonstwo. Die Stadt umgarnt uns.

Zum ersten Mal gesehen: Knallorangefarbene Tomaten.

Essen im Le Galoubet. Unmöglich zu unterscheiden, was Qualitätslokal und was Touristenfalle ist. Wahrscheinlich liegen die meisten Restaurants hier irgendwo dazwischen, und die anderen sind gut versteckt oder unbezahlbar. Um mir einen kulinarischen Führer zu besorgen, ist die Sache nicht wichtig genug.

Das Essen war nicht aufregend. Große Küchenschabe in der Serviette. Passierte Aubergine mit Tomatensauce und grünem Salat in Essig-

Senfsauce, Lammkoteletts mit Ratatouille und gebackener Tomate, Tarte des Pommes als Dessert. Hab alles in D oder I schon viel besser gegessen. Eine Chorizo-Pizza vom fahrenden Händler hätte mich glücklicher gemacht.

Nachts Tagebucheintrag unter abenteuerlichen Umstanden auf dem Durchgangsbalkon, es ist kühl, der Wind pfeift, zum Zittern ist kaum Platz genug.

Wir sahn, bevor die Gattung ausstarb,
Zyklopen und Zyklopinnen
beim Paarungstanz durchs Erdreich brechen.
Schamlos in der Himmelsmitte
triebs Phönix mit dem Vogel Rock,
das Einhorn mit dem Pegasus.
Erde fraß sich Vielfalt an,
farbenschwanger, aufgebläht,
gab sie uns vom Überfluß.
Die Gärten der Semiramis
belieferten den Turm mit Blumen.
Kreta schickte weiße Stiere,
Athen in Honig eingelegte
Eulen, Sparta nichts, und Kolchis
Widderfelle für den Winter.
Vom toten Meer kam Badesalz,
von Thrakien Melancholie,
aus Rhodos ein Koloß, der liegt noch
irgendwo verstaubt herum.
Die Weine stammten aus Korinth,
die Anekdoten aus Mykene.

13. September, Freitag

Die Texte dieses Provence-Bildbands zu lesen, fällt wirklich schwer. Der Autor, scheint es, verehrt Proust, Rilke und Ernst Jünger, verwurstet diese Trias zu einem so schrecklichen Schwulst, daß man ihm jeden zweiten Satz zurück unter die Fingernägel schieben möchte. Hält sich vermutlich für einen Homme des Lettres erster Güte.

Aufbruch nach Nimes. Nach nur 20 Minuten Fahrt ein abschreckendes Stadtbild aus Hochhäusern und Autobahnkreuzen. Hier will ich nicht bleiben.

Sahen uns das Maison Carré an, den Tempel des Augustus und der Livia, und, von außen, die Arena. Danach Richtung Meer, um den Tag zu verdümpeln.

Ist man italienische Fülle gewohnt, gibt es hier verdammt wenig Tankstellen.

In der SZ von gestern ein widerlich-blöder Artikel eines gewissen Richard C. Schneider, der die Gräfin Dönhoff eines latenten Antisemitismus bezichtigt. Das aufgrund folgenden Satzes: » (...) ist die Befürchtung, daß das Goldhagen-Buch den mehr oder weniger verstummten Antisemitismus wieder neu beleben könnten, leider nicht ganz von der Hand zu weisen.« Richard C.S. nennt das einen Satz aus der antijüdischen Mottenkiste. Wie groß die Neurose dieses Landes noch sein muß, damit ein solches Geschwätz gedruckt werden kann!

Ich reagiere auf dieses Thema besonders sensibel, habe mit meinen Eltern lange genug gekämpft in dieser Sache, wie viele andere junge Menschen auch.

Nicht Goldhagens Buch, solche Artikel sind es, die neuen Antisemitismus schüren. Dahinter steht offensichtlich nichts anderes als das Bestreben, sich dank spezifischer Religionszugehörigkeit zu profilieren, solange es noch möglich ist, mit absurden Anschuldigungen. Antijüdisch ist heute anscheinend vor allem das, was selbsternannten Kassandren den Arbeitsplatz untergräbt.

Fahrt durch Saint-Gilles. Hübsches Städtchen, das mehr unsrer Aufmerksamkeit verdient gehabt hätte. Sind aber in den letzten Tagen viel zu viel gelaufen.

Beeindruckend hohes Pfahlrohr, über die Straße gewölbt wie eine gemalte Woge.

Endlich eine Koppel mit schwarzen Stieren. Dazu bald darauf weiße Pferde, als hätte sie jemand für Reisende dorthin drapiert. Spießrutenfahrt durch nickenden Bambus von rechts, wehendes Schilf von links. Richtung Aigues Mortes. Ab und an Steineichen, von vorne der strenge Mistral. Zwei Kuhreiher fliegen knapp über unsre Windschutzscheibe hinweg. Schnurgerade, schmale Straße, zwischen rauschendem Grün, an glitzernden Kanälen vorbei. Überwältigender Eindruck, nichts vergleichbar, paradiesisch. Habe gestern, zu Probierzwecken, eine Flasche Vin Rouge sans alcool eingekauft. Trinken war nie trauriger.

Erhebend dagegen: die Wälle von Aigues Mortes – massiv, brachial, und so frisch, daß man sich ins Mittelalter katapultiert glaubt, zur Einweihungsfeier. Imposant bis bedrückend. Wie verträgt sich das mit der Salzluft? Hier – im Tour de Constanze, hat man die Templer eingekerkert, hier trafen sich Europas Ritter zu den späteren Kreuzzügen, hier dreht man bestimmt etliche Historienfilme pro Jahr.

Kamen günstig in einem privaten Landhaus unter (200 Fr.), wo wir eine angebaute Maisonette bewohnen.

Fuhren hinaus, durch ein Labyrinth sandiger Straßen, zur Küste. Manche Strandfliederpflanzen waren über und über mit Achatschnecken befallen. Entlegenste Fauna. Der Wind weht Salz auf die Lippen. Mancherorts Zeugen wilden Campings – hinterbliebene Gasflaschen, Plastikbecher, Federn einer gerupften Gans. Über labile Holzstege gelangten wir an den Strand, Sicht ringsum frei von irgendeiner menschlichen Bewegung. Ein Schwarm Flamingos im Binnenmeer.

Salzablagerungen glitzern weiß. Der Meeresgrund ist rostrot gefärbt von (ungiftigen) Eisenoxydablagerungen. Überall tote Möwen, eine wirkt im Sand versteinert, eines Photos wert. Der Strand ist übersät mit Knochen. Wahrscheinlich sieht das eben so aus, wenn sich morgens nicht irgendwelche Bademeister drum kümmern. Und die Möwen werden wohl vergiftet oder abgeknallt, weil sie als Schädlinge angesehen werden. (Rauben den Flamingos Eier und Küken.) Hübsch: Formationen verfestigten Sandes. Gaukeln Burgen, Zinnen, Türme vor. Fanden eine Kralle, an der ein Stück dünnes Seil hing. Anscheinend der Überrest eines Köders für – weiß nicht, Füchse?

Abgegrenzt von der Hauptgruppe: der Kindergarten der Flamingos. Sie halten, wenn wir näherkommen, Abstand, ohne Hektik, immer etwa 200 Meter, erheben sich dann aus uns unbekanntem Grund, fliegen nach Süden. Die ausgewachsenen Vögel kümmern sich nicht darum.

Irgendwann kreuzt ein Lastwagen am Horizont, ansonsten keine humanoide Einmischung ins Sichtfeld. Hier und da rote Hülsen von Schrotpatronen.

Umliefen das gesamte Binnenmeer binnen zwei Stunden. Gingen dann einen Weg zwischen Meer (links) und Fluß (rechts) entlang. Ein dicker, armlanger Fisch sprang zweimal aus dem Wasser, bis auf doppelte Körperlänge hoch. Vielleicht ein neurotischer Karpfen, der glaubte, Delphin zu sein.

Hattten vom Salzwind Riesendurst, fuhren in die Stadt (eher muß man sagen: Festung) probierten am ersten Imbißstand *Dr.Pepper*, eine Art Cola mit Pistaziengeschmack.

»Mann, schmeckt das künstlich!«

B.: »Super!«

Bea erzählt, daß Heuschreckenkrebse, (die, die vortäuschen, den Kopf auf dem Schwanz zu tragen) mit ihren Scheren eine solche Stoßkraft entwickeln können, daß sie sogar Aquarien zertrümmern, und man sie hinter besonders dickem Glas halten muß. (Sind grade mal handlang.)

Habe beschlossen mich in diesem Urlaub auf Weine der Saint-Emilion zu konzentrieren. Ich verstehe von italienischem Wein etwas, von französischem fast nichts, und irgendwo muß man mal anfangen. Heute ein Chateau Fleur-Musset 95. Ich mag die Dunkelheit und Erdschwere dieser Region zwischendurch ganz gern.

SZ fertiggelesen, Panorama des Feuilleton-Verfalls, heute wieder ein

Artikel dieser Christine Lübke-Maibock (seit neuestem trägt sie Doppelnamen, das paßt). Diesmal hat man ihr die Berichterstattung der Klassikkom zugetraut, raus kam ein wirrer, unlesbarer, uninformierter Artikel, der seine Teilnahmslosigkeit am Ende mit feministischem Quatsch verschleiert. Typischer Quotenjournalismus, der von Aufgeschnapptem lebt, das solange durcheinanderbringt, bis Übergeschnapptes übrigbleibt. Bloß weil der Marktanteil der klassischen Musik, also der CD-Verkauf der großen Firmen rückläufig ist, wird eine Krise herbeigeredet, wo in Wirklichkeit ein Boom stattfindet. Der besteht aber nicht in gesteigertem Absatz, sondern in der Bereitschaft der Kids, sich überhaupt wieder mit E-Musik auseinanderzusetzen, sie als 'nicht peinlich' gelten zu lassen. In ein paar Jahren schlägt sich das sicher auch in Verkaufszahlen nieder.

Lustig degoutant in *Vermischtes*: die letztjährigen Highlights der Lebensmittel-Prüfer: Ein Mann biß auf ein drei Zentimeter langes Stück Weißblech, das in einer Bratwurst steckte. In einer Leberwurst fand sich eine fünf Zentimeter lange Spritzenkanüle, in einer Thunfischdose eine tote Maus. Top of the Pops: Ein Proviantfund am Frankfurter Flughafen.

Kontrolleure entdeckten dreißig getrocknete Affen in zwei Diplomatenkoffern, die sich zufällig geöffnet hatten. Wie ein Lebensmittelexperte berichtete, gab der durchreisende Diplomat aus Zaire an, die Tiere seien zum privaten Verzehr gedacht. Trotz massiver Proteste (selbst das Auswärtige Amt in Bonn sei eingeschaltet worden), habe sich der Mann die Beschlagnahmung und schadlose Vernichtung seiner Affen gefallen lassen müssen. Er mußte ohne Proviant nach Belgien weiterreisen.

Clinton wandert vor der Wahl immer weiter nach rechts. Diesmal trifft es, in blühender Einigkeit mit den Republikanern, die Homosexuellen. Was hätte dieser Präsident alles tun können, hätte er nicht so früh an seine zweite Amtszeit gedacht. Und wirft man ihm das vor, kommt einem unausweichlich der Sieg Netanjahus in den Sinn.

Bossi will am 15. September den neuen Staat Norditalien (Pandania) ausrufen, der sich von Turin bis Triest, von Bologna bis Südtirol spannen würde.

Nun schafft auch Spanien die Wehrpflicht ab, den dunkelsten Schandfleck der Demokratie.

Abends noch einmal an die Küste. Im Westen leuchten weiß zwei Salzhügel der Salinen, dazwischen, camparirot, die Sonne. Wir fütterten ein paar Schimmel mit jungem Gras. Ein auf dem rechten Hinterlauf lahmender Schäferhund bebettelte uns, wir hatten nichts dabei für ihn. Wohin er gehörte? Er schlich sich traurig in die Wildnis davon, mir ging es wie Johanser – ich ahnte, daß dieser Hund nicht mehr lang zu leben hätte.

Musik gab es, die gibt's nicht mehr.
Die Jünglinge im Feuerofen.
Die Blaskapelle Jericho.
Die Kurzkarriere Marsyas',
des ersten, heute sagt man, Popstars –
das gab auch was fürs Auge her.
Und Cerberus mit den drei Köpfen-
erst Chien d'amour bei den Gorgonen,
dann ausgesetzt als Höllenhund.
Bei schwerem Sturm hat man sein Winseln
als große Terz zum Wind gehört.
Wir johlten dann die Quint dazu.

Manche von uns liebten Orpheus,
manche die Bacchantinnen.
Als jene aufeinandertrafen,
entstand etwas ganz Unerhörtes,
noch furioser als der Chor
der Furien auf Rachefeldzug.
Erde klang. Aus Schmerz und Tollwut.
Blutmusik, Musik des Weltalls.
In epidaurischer Akustik.

14. September, Samstag

Sahen Kormorane.

Tote schwarze Katze auf dem Mittelstreifen. Spurwechsel, links dran vorbei, das bringt Glück.

Hatte einen üblen Traum. Fuhren zum Pont du Gard – und ausgerechnet heute hatten Christo und Jeanne-Claude ihn eingepackt. Feist grinsend saßen sie davor und verkauften Postkarten und T-Shirts. Glücklicherweise hatte ich eine Maschinenpistole bei mir, konnte beide ohne Probleme erschießen, aber wir waren noch stundenlang beschäftigt, das Klopapier vom Aquädukt zu kratzen.

Grau du Roi, La Grande Motte, Port Camargue – häßliche Touristenhochburgen, billig in der Massentouristenhaltung, teuer auf der windgeschützten Seite, wo es *marinas* zu mieten gibt, Appartements, vor deren Terrasse sich der eigene Bootsanlegeplatz befindet. Die drei Orte liegen, Camps Außerirdischer ähnlich, in Sichtweite von Aigues-Mortes, wo wir noch einmal spazieren gingen und den Tour de Constanze besichtigten. Sehr bedrückend. Templer- später Hugenottenkerker, noch später reines Frauengefängnis. Anhand einer Liste der letzten Gefangenen kann man feststellen, daß die weibliche Namensgebung im Frankreich des frühen 18. Jahrhunderts nicht sehr einfallsreich war. 50% Maries, 25% Suzannes, 15% Annes.

Im Auto ist es heiß. Steigt man aus, bekommt man die Nachteile der Gegend um die Ohren geweht. Wollten die wunderschöne kleine Straße zwischen Aigues-Mortes ('Tote Gewässer') und St.Gilles (= St.Egidius) noch einmal entlangfahren, fanden sie nicht, disponierten um, gelangten dabei in ein namenloses Geisterstädtchen. Der Hauptplatz war sauber, die Tische der Cafés mit Decken und Besteck belegt, nur sah man nirgendwo einen Menschen. Alle Häuser waren grau, alle Fensterläden schwarz. Keine Verkehrsschilder. Alle Autos standen leer auf Parkplätzen. Erst am Ortsrand hatte der Spuk ein Ende, mit einem Wegweiser nach Nimes, dann mit einem schlafenden Hund, dann mit einem entgegenkommenden Porsche.

Beatrice möchte die Ockerbrüche bei Roussillon sehen, ich morgen den Stierkampf in Saintes-Maries. Nicht einfach zu koordinieren. Bei Apt, in der Nähe Roussillons, sind auch die beiden Schlösser der Familie De Sade.

Auf dem Pont du Gard lacht jemand, man hört – er ist Deutscher, aber wodurch wurde das hörbar? Gibt es ein 'nationales Lachen'? Eine unverwechselbare Regionalgutturalität?

Die Hälfte des Pont du Gard war eingerüstet, die Ehrwürdigkeit des Bauwerks verlor um einiges. Restaurationsarbeiten, wird man ihrer ansichtig, wirken immer ein wenig wie Fälschungsversuche. Merkwürdig: Die untere Ebene ist überhaupt nicht abgesichert. Wenn ein Kind sich dem Abgrund näherte, und eine Bö die Näherung vervollkommnete, niemand könnte das als allzu kuriosen Unfall beklagen. Spüre wieder Höhenangst, auch eine telepathische Verknüpfung mit Beatrice – immer wenn sie sich hinunterbeugt, wird mir schwindlig, sogar, wenn ich nicht davon weiß.

An eine Säule gelehnt, die Füße freibaumelnd in der Luft, döst ein Rucksackmensch. Angenommen, er schläft ein, träumt unruhig, wälzt sich ein bißchen herum – oder man kitzelte ihn, er schreckte hoch – und gleich darauf ganz tief herab…

Lieblicher Talblick zu beiden Seiten. Ein spektakulärer Selbstmord wäre, mit einem Doppeldecker gegen die Abendsonne in den Aquädukt zu fliegen.

Kamen auf Avignon zurück, auf das Hotel Christol, hätten es gleich zu unsrem Basislager machen sollen.

Werbeplakat für einen luxuriösen Liegesessel: »Pour les vrais amateurs de comfort.« – *Amateurs* bedeutet in diesem Fall: 'Liebhaber' – eine Erstbedeutung, die dem deutschen Wort abhanden gekommen ist. Unsere boshafte Sprache.

In der SZ von gestern – Willi Winkler, sonst weiß Gott nicht mein Fall, demontiert recht witzig das neueste 'Werk' des Wolf Biermann. Wenn man in hundert Jahren auf die bundesdeutschen Siebziger zurückblickt – was da gefeiert, was ignoriert wurde – dagegen mutet Beatrice' Frage, wieso Van Gogh zu Lebzeiten als untalentierter Schmierer galt, recht naiv an.

Überhaupt, diese altlinken Schnauzbartträger...

Nirgends ist so wenig 21.Jahrhundert zu fühlen wie hier.

Neben dem Winkler-Artikel, sorry, ein Bild von Bazon Brock und Michael Krüger auf dem Mont Ventoux, zu ihren Füßen zwei Fotos von Petrarca und – R.D.Brinkmann. C'est ca.

Auf der nächsten Seite – war aber auch dringend nötig – eine treffende Erwiderung von Peter Bender auf das Geschmiere des R.C. Schneider.

Noch ein Spätspaziergang in Avignon. In einem Antiquariatsschaufenster sehe ich die belgische Erstausgabe der »Voyage au bout de la nuit« von Céline. Leider ohne Preisangabe, und leider macht der Laden erst am Montag wieder auf.

Inzwischen sollte die Übersetzung von »Pont du Londres« doch fertig sein? Muß mal nachfragen im Verlag. Eine Céline-Gesamtausgabe wäre überfällig.

J. reagierte mit beleidigtem Schweigen, als ich ihm die Céline-Jünger-Collage schickte, bestehend allein aus Stellen dieser beider Autoren, die ein provokant-amüsantes Wechselspiel bildeten. Ich weigerte mich, selbst irgendein Wort beizusteuern. Der *Spiegel* lehnte diese Collage nach langer Diskussion als nicht Spiegel-üblich ab. Ich hatte aber meine Arbeit getan, war überzeugt davon und wollte nichts anderes. Zuletzt erschien nur der Jünger-Brief an mich, mit einem Rahmentext von Hage. J. ließ über seinen Sekretär ausrichten, mit *diesem* Text sei er ganz zufrieden gewesen. Ich hatte ihm aber gar nicht ans Bein pinkeln wollen. Ihn regte vermutlich auf, daß ich Céline als einen meiner Säulenheiligen bezeichnete. Am nächsten Tag stand in der SZ eine peinliche Glosse Busches, der behauptete, in den *Strahlungen* sei schon seit der Erstausgabe der Name Céline (statt dem Pseudonym Merline) aufgetaucht, die Gleichsetzung böte von daher gar nichts Neues. Das war der Gipfel journalistischer Frechheit, denn selbstverständlich kam der Name Céline hier und da unchiffriert vor, aber nur an unverfänglichen Stellen. Warum ich damals keine Gegendarstellung drucken ließ, keine Ahnung. Wahrscheinlich, weil ich dachte, daß Busche und Konsorten keine Mark Porto wert sind, daß sich mit der Zeit alles von selber gibt. Manchmal zweifle ich daran.

15. September, Sonntag

Habe in der Nacht lange über Babel gebrütet, vier Stunden quasi über *einer* Zeile, die nicht kommen wollte wie gewünscht.

Landstraße nach Apt. Viele Säulenpappeln.

Im Ockermuseum von Roussillon liegen allerhand theurgische und alchemistische Bücher aus, darunter auch »De re metallica« von G. Agricola. Ich kaufte zwei Paletten natürlicher Farbpigmente, die man noch mit Öl anrühren muß. Der Ort sieht sehr malerisch aus. Johanser, der in seiner Landschaft den Rotstich vermißte, würde hier Purzelbäume schlagen.

Am Eingang zu den Ockerbrüchen ein Piktogramm, das bedeutet: Es ist verboten, Herzen in den Fels zu ritzen. An den Postkartenständen hängen Handtücher, um sich den Ocker von den Fingern zu wischen. Der Weg durch die Ockerbrüche ist ein ziemlich unwirklicher Trip aus gelben, roten und braunen Farben, die in der Sonne glühen, darüber ein mittelblauer Kitschhimmel, wie von hinten aufgehellt. Und ich hatte Zweifel gehabt, ob sich die Fahrt hierher lohnen würde.

Zugabe: Vor uns in der Luft steht eine Wespe, trägt unter ihrem Leib eine Beute, groß wie sie selbst, ein Käfer, denk ich, verschwindet damit in einem winzigen Erdloch.

Ein Zoo aus Farben! An einem tiefroten Felsabhang fällt mir die traurige Legende ein, die den Ort umkränzt. Sermonde, Gattin des Grafen Raymond d'Avignon, verliebte sich in den Troubadour Guillaume de Gabestaing. Ein Hofmann plauderte, so kam es zur tragischen Wendung. Als Sermonde gesagt wurde, sie habe soeben das Herz des toten Geliebten verspeist, lief sie davon und stürzte sich von den Zinnen der Burg. Und ihres und des Troubadours Blut färbte die Felsen der Gegend…

Errechnet Länge Callas etwa 178 cm.

Beim Hinausgehen en passant noch den Friedhof entdeckt. Die meisten Steine sehr pittoresk mit Flechten überzogen. Hübsche Familiengrüfte. Keine Kränze, aber auf fast jedem Grabstein bunte Porzellanrosen. Ein Grabräuber könnte hier nach wenigen Diebeszügen einen Souvenirshop eröffnen. Wobei man *Souvenir* hier, wie Bea einwirft, sehr wörtlich nehmen kann. Neben den Porzellanrosen stehen meistens kleine Tafeln aus Marmor, mit schmiedeeisernen Aufschriften: à notre mère, père, fille, amie, etc. Neben einem Grab wächst Rosmarin, daran zu reiben und zu riechen ist ein Ereignis. Gehaltvolles Bouquet, das unsere armseligen Balkonpflanzen niemals erreichen.

Keine einzige Grabstätte verwahrlost. Manche gerahmte Farbfotografien zeigen den Verblichenen in voller Jagdmontur, mit Patronengürtel und Flinte. Obwohl der Friedhof kaum fußballfeldgroß ist, besitzt er in letzter Reihe noch einige Leerstellen.

Irgendwo in der Nähe liegt Camus begraben.

Auf der Weiterfahrt ein wunderschönes Kürbisfeld, viele orangene Leuchtkugeln zwischen tiefbraunem Acker. Panoramablick von Gordes aus über den Naturpark Luberon.

Eine der beliebtesten Zierheckenpflanzen ist der Feuerdorn, noch orangener als die Kürbisse.

Die Sonnenuhren hier sind auf Winterzeit gestellt. Hinter Fontaine-Vaucluse das erste Hinweisschild auf Chateau-Saumane, den Stammsitz der Familie De Sade. Verirrten uns auf der Berganfahrt, kamen so zu einem nicht geplanten Waldspaziergang. Ich grub einen Schößling wilden Rosmarins aus, vielleicht überlebt er in der Wasserflasche. Könnten unseren Gästen dann *Pommes de Terre Romarin à la Sade* anbieten, das machte doch was her.

Das Schloß ist, wie der Name impliziert, geschlossen, und betrachtet sich wohl selbst nicht ganz als Sehenswürdigkeit, scheint auch bewohnt zu sein. Vielleicht gibt es, irgendwann am Tag, eine spezielle Führung, keine Ahnung.

Isle des Sorgues ist ein entzückendes Wasserstädtchen, zwischen Tümpel, Bäche und Kanäle gebaut. Man müßte sich für den Luberon viel mehr Zeit nehmen.

Gegen 13:30 passieren wir Salon, Heimatstadt des Nostradamus, der er mit einer desinfizierenden Salbe gegen die schwarze Pest half. Ein Theaterstoff wäre die tragikomische Biographie des ältesten Nostradamus-Sohnes Michel, der unter der Last seines großen Vaters zugrundeging. Auch er versuchte sich an Prophezeiungen, die sämtlich nicht eintrafen, und als die belagerte Stadt Pouzin, deren Brand er vorausgesagt hatte, dann doch nicht in Flammen aufging, zündete er sie selbst an und wurde dafür hingerichtet.

Hat man sich eine Straßenkarte kleineren Maßstabs besorgt, kommen einem die Routen gleich viel kürzer vor.

Interessante Idee für kommende Urlaube – man könnte sich mit einem anderen Paar verabreden, das, z.B. in Barcelona, unseren Wagen übernimmt, und seinerseits damit einen Autorlaub bis nach Hause macht. Jedes Paar hätte nur einen einfachen Flug zu bezahlen, und das Übersättigungsgefühl, das man bei der Rückfahrt oft bekommt, wäre aus der Welt geschafft.

Vor Saintes-Maries – überall am Wegrand gibt es Pferde zu mieten, die Flamingos stehen nah an der Straße, sind gar nichts Besonderes mehr, die Straßen voll Pferdescheiße.

Wir leisteten uns ausnahmsweise ein Drei-Sterne-Hotel (Petit Mas de Barres), drehten ein paar Runden im eiskalten Pool, machten Picknick und fuhren ins Zentrum. Die Attribute der Camargue gewinnen hier hybride Züge. Fast nur Schimmel, es fällt auf, wenn mal ein Falbe drunter ist. Die Pferdeställe in solcher Häufung, daß es einen unangenehmen Beigeschmack bekommt (was man auch von der Luft behaupten kann).

Saintes-Maries hat seinen Namen von einem ganzen Boot voller Heiliger, die hier an Land gegangen sein sollen, darunter zwei Marien und der auferstandene Lazarus (erste Christianisierungswelle, eine Art religiöser D-Day).

16:30 Corrida. Die Arena ist klein, schmucklos steinern, dreiviertelvoll, gebaut für etwa 1500 Menschen. Die achtköpfige Blaskapelle sitzt mitten im Publikum.

Sehr lässige Atmosphäre, wie bei einem Feierabendvergnügen, das regelmäßig goutiert wird.

Soweit ich's beurteilen kann, wenige Touristen, viele autochthone Aficionados. Dagegen ausnahmslos spanische Matadore. Sitzt man ganz oben und blickt sich um, gähnen einem Sandstrände und Meer entgegen. Angenehm: kein Souvenirshop, keine Fan-Artikel, nichtmal Posterverkauf. Beatrice ist nicht mitgekommen, fuhr in die Sümpfe, Flamingos zu beobachten, hatte Angst, der Stierkampf, sie hat noch keinen gesehen, könnte ihr nicht gut bekommen. War vermutlich gut so.

Hier wird nach spanischem Ritual – *jusqu'à mort* – gekämpft. Die zahme Variante hätte mich eher interessiert. Der erste Stier, sehr schlank und flink, brüllt die ganze Zeit, von Anfang an, weit vor den Banderillas, danach noch lauter. Seltener Anblick: Er windet sich durch den Spalt zwischen Bretterzaun und den Schutzbarrikaden der Matadore, rennt plötzlich durch den Innenraum, wühlt mit den Hörnen in den Uniformen und Trinkvorräten der Mannschaften, wird dann aber schnell in die Arena zurückgelockt.

Die Lanzenstiche des Picadors (zu Pferd) scheinen mir die abträglichste Einzelheit des Rituals. Dem Stier werden mehrere stark blutende Wunden zugefügt, nur mit dem Zweck, ihn für den Torero zu ermüden, während die bunten Banderillas ihn reizen sollen, Wechselbad diverser Schmerzen. Der Torero (Vasquez) trifft mit dem Degen gut, treibt ihn bis zum Heft hinein, dennoch dauert es fast drei Minuten, bis der Stier umfällt. Und immer noch muß ihn jemand mit dem Dolch abstechen. Das hätte Beatrice sicher nicht gefallen, ich war auch weit weg von der Begeisterung, die ich als Kind für Stierkämpfe aufbrachte. (Den ersten sah ich mit zehn in Barcelona.)

Der zweite Kampf bot eine Unglaublichkeit: der Stier, größer und schwerer als sein Vorgänger, suchte nicht erst den Umweg – er *sprang* über den Bretterzaun, der immerhin einen Meter sechzig hoch war. (Ohne Folgen, auch diesem Ausreißer wurde der Weg zurück gewiesen, indem man den Zaun an einer Stelle öffnete.)

Der Rest des Kampfes war unerträglich. Der Torero (Caro) konnte viermal den Degen nicht setzen, der Stier war schon so müde, daß er zusammenbrach und abgestochen werden mußte, erbärmliches Schauspiel, das Publikum pfiff und buhte. Im Kampf darauf das Gegenteil. Manuel Arelate, ein weißhaariger Mann von ca. sechzig Jahren, bot eine Glanzvorstellung, ging dabei zweimal zu Boden, der Stier kam über ihn, stieß zu, verfehlte nur knapp, gerade noch rechtzeitig wurde er abgedrängt. Danach brachte Arelate die Sache ungerührt zu Ende, mit einem präzisen Todesstich, der so gut saß, daß der Stier praktisch sofort umfiel. Stehende Ovationen. Arelate wurden beide Ohren gewährt, er schritt eine Ehrenrunde ab, und die Leute warfen ihm Geschenke zu, die er jeweils höflich zurückwarf, Lederjacken, Hüte, Füller, sogar ein Schuh, ein lebender Hahn (den behielt er), ein BH (den behielt er auch, warf der Spenderin dafür eines der Stierohren zu), bis dato hatte der Nachmittag schon fast alles geboten, was es bei der Corrida zu erleben gibt. Der vierte Torero (Caro-Maya) ist ein kaum sechzehnjähriger Junge, bietet einen mittelmäßigen Kampf, verliert den Degen zweimal.

Dann setzt er ihn gut, bis zum Heft, der Stier taumelt, fällt aber nicht um, greift nach ÜBER DREI MINUTEN (!) noch einmal an, zwei Matadore winken ihn mit ihren Muletas müde, bis er zusammenbricht. Von hier an fand ich das Spektakel langweilig, saß ohnehin schon mit recht ambivalenten Gefühlen davor. Man hat mir immer erzählt, daß ein Stier, der einen Torero tötet, den Rest seines Lebens in Frieden auf der Weide verbringen darf. Das scheint weitenteils Legende zu sein, wäre aber genau der Punkt, der mich vom archaischen Wert des Rituals überzeugte. Und alle großen Matadore sind in der Arena gestorben. Wäre der Stierkampf, abseits der Kunstform, die er zweifellos darstellt, nur eine langgezogene Hinrichtung, mit unausweichlichem, feststehenden Ende, würde ich es vorziehen, keinen mehr zu besuchen.

Traf Beatrice erst nach einer halben Stunde Verspätung. Hatte mir in der Zwischenzeit gleich die schlimmsten Möglichkeiten ausgemalt. Gingen zum Strand, Muschelschalen suchen. Herausragender Fund – eine halb durchsichtige, *giftgelbe,* in Trapezform.

Unsre Lieblingsmythen hießen:
„Labyrinth des Minotaurus",
„Kampf um Troja", „Herakles"
(der Superheld für unsre Kleinen)
„Salomo und seine Frauen"
(der Höhepunkt im Spätprogramm)
Zehn schöne Jahre haben wir
„Odysseus' schräge Fahrt" verfolgt
und uns beinah bepisst vor Lachen.
Beim „Brand von Sodom und Gomorrha",
dem Machwerk eines Radikalen,
haben wir uns abgewandt.
Lots Frau, an der die Ziegen lecken –
Dreck! Sozialkritik ist Scheiße.

16. September, Montag

9:45, genug der Camargue, zurück nach Italien. Beatrice medititiert über das Seelenleben unsres Renaults. Schilfgras glänzt in der Morgensonne. Landschaft, wie aus grünem Schildpatt geschnitzt, Glanz, der betäubt. Ich gäbe was um ein Rollo am Seitenfenster.

B. über die Beinahe-Ausrottung der Seidenreiher. Die Beeinträchtigung der Fauna durch die Hutmacherei. Das neue Benetton-Werbeplakat: Fickende Pferde. Fuchs auf Schimmel. Mögliches Fleisch des Anstoßes dezent vom Schweif der Stute verdeckt.

In Arles merke ich, daß der Hotelier mir meinen Personalausweis nicht wieder ausgehändigt hat. Vierzig Kilometer zurück, achtzig für die Katz.

Autobahn nach Nizza. Setze gegen das Reserveheer der Sehenswürdigkeiten Scheuklappen auf. In der SZ vom WE positive Besprechung von Meineckes neuem Roman. Wermutstropfen: Sie stammt von J.Drews. Ausgerechnet er freut sich eines unterhaltsamen deutschen Buches, hat dabei jahrelang das Gegenteil gefördert.

Wir haben zur Zeit die beste junge deutsche Literatur seit den Zwanzigern.

»Ehrlich gesagt, leide ich tierisch, wenn mich jemand nicht für den weltführenden Literaten hält, ich bekomme großes Mitleid mit demjenigen und möchte ihn am liebsten von seinem schrecklichen Dasein erlösen.«

»Du bist so süß.«

Wir sind beide abgespannt und kaum aufnahmefähig. 230 Kilometer bis Nizza.

»Viaduc du Luc.«

»Klüngt nüdlüch.«

Stau an der Promenade des Anglais. Hotels, vom Zuckerbäcker entworfen.

Es ist Trödlermarkt in der Vieux Cité. Mache ein Schnäppchen, kaufe für 330 Francs (110 Mark) sieben Denare der römischen (Soldaten-) Kaiserzeit. Dafür hätte ich anderswo das Dreifache bezahlt, in München gar das Fünffache. Aus numismatischer Sicht ist M. das teuerste Pflaster der Welt. Wer dort seine Münzen kauft, dem kann nicht mehr geholfen werden.

Anruf bei Moritz – Donnerstag geht klar. Er hat eine traurige Nachricht: Wiesbaden, wo unsere Oper zweitaufgeführt werden sollte, ist ausgestiegen. Die haben wohl kalte Füße bekommen, als sie vom Münchner Biennale-Trauerspiel hörten. Passend dazu Blixas Stimme von Cassette: »*Zwei Dinge sind unendlich, die Dummheit und das All.*«

Habe einen solchen Haß auf die Kulturbanausen von den Münchner Grünen! Dieser Schildbürgerstreich wird sie bei den Intellektuellen einigen Bonus kosten. Die Entrüstung, selbst bei Leuten, die mit moderner Musik nichts am Hut haben, ist gewaltig. Nur M. Reißinger, als alte Henze-Feindin, hat die Schweinerei sogar noch gutgeheißen.

Moritz moniert zwei angeblich »schlimme Fehler« in *Toy*. Erstens: Cora fragt, als Nagy ihr den Lagavulin anbietet, nach Eis. Das ginge noch als Ignoranz durch, meint M. – aber als Whiskeykenner müsse Nagy sie doch unbedingt zurechtweisen. Moritz übersieht, daß Nagy ein ziemlich höflicher Teufel ist, deshalb genügt sein Hinweis, es sei kein Eis im Haus.

Zweitens: Nur Amis würden, vor allem, wo es sich um Malt handelt, Whiskey mit -ey schreiben. Denke an Diskussionen mit Christine, die ich, trotz aller Kämpfe, schon vermisse.

Nachts in San Remo, wieder im Hotel Milano, diesmal zweiter Stock und viel bessere Aussicht. Kaufte beim Straßenhändler ein mit *Rosmarin* gefülltes halbes Hähnchen, schmeckte vorzüglich.

Las vorm Zupapiergehen die SZM-Auszüge der Klemperer-Tagebücher '18 bis '32. Einschluß im Lavastrom der Zeit, wie G. sagen würde. Groß nicht durch die Vision (so groß, um vor dem Drohenden zu flüchten, war sie nicht), auch nicht durch das Panorama, das er bietet (war zwar scharfsichtig, aber von eingeengtem Blickwinkel), sondern durch unverfälschte Menschlichkeit, die sich um kein Urteil, keinen Beifall kümmerte und gerade dadurch ihre Lebendigkeit bewahrte.

Im Zusammenhang mit Goldhagen wurde des öfteren auf Jüngers *Kaukasisches Tagebuch* verwiesen, in dem nachzulesen ist, daß dessen Autor schon Ende '43 von den Vergasungen schwammige Kenntnis erhielt. Dies in die Diskussion zu werfen ist abwegig, denn Jünger hatte privaten, freundschaftlichen Umgang mit Informationsträgern aus den Führungsstäben der Wehrmacht, dies kann paradigmatisch nicht auf den Normalbürger projiziert werden. Ich glaube ebenfalls an einen damals weitverbreiteten Antisemitismus in der deutschen Bevölkerung, davon aber auf eine weitverbreitete Kenntnis vom Holocaust zu schließen, ist Unsinn. Die Frage muß heißen – hätte eine weitverbreitete Kenntnis vom Holocaust diesen aufgehalten? Wenigstens behindert? Ich *fürchte* nein, doch dieses entsetzliche 'Nein' zu *behaupten*, darf kein Mensch sich erdreisten.

Uns gegenüber, im Olymp,
saß grau und fett die Konkurrenz,
althergebracht und eingesessen.
Das Gottgesindel stieg bisweilen
beifallsgeil zur Welt herab.
Desgleichen hatten wir nicht nötig.
Den Turm bewachten tausende
von ausgesuchten Idioten,
erschütternd unerschütterlich,
treu wie Herpes, dumm wie Brot,
zufrieden mit ein wenig Abfall,
solang er von weit oben fiel.

Auch Götter überlebt man, muß nur
weghörn, wenn sie schrein und weinen.
Es wehklagt, geht in Wohlklang über,
in Verwesung, geht vorüber,
Gestank verzieht sich mit den Wolken.

17.September, Dienstag

Am Kiosk geblättert. Ein Spiegel-Artikel freut sich verhalten über den Kassenerfolg der neuen deutschen Filmkomödien. Ekel. Die Riemanns, Wortmanns, Garniers – leider inzwischen auch Detlev Buck – wer von Niveau kann diese seelenlose Kommerzscheiße gutheißen? Das Grinsen von Eichinger als Münchner Variante eines späten Machiavelli. Der deutsche Film war nie schlecht. Unter den 180 Filmen seit 1964, die in meinem Privatregister 15 und mehr Punkte bekommen haben, finden sich 18 deutschsprachige – 10%, das ist doch nicht übel. *Der bewegte Mann* war ganz nett, fotografierte bildgetreu das König-Comic ab, erreichte dessen künstlerische Qualität jedoch nicht im Ansatz.

Die Zeit von 400 bis 1400 nach Christus (und wegen ihm) ist ein Beispiel dafür, daß das Weltniveau, und zwar in jedem Bereich, rapide absinken kann, während seither der Kulturpessimismus immer ein Irrglaube war, entstanden aus der Unfähigkeit, Gegenwart vom Müll befreit zu erkennen. Von jeder Dekade bleibt nur eine Handvoll dauerhafter Werke, unsere Genußsucht verlangt nach mehr, sieht, enttäuscht, in der Massenproduktion von schwachkulturellen Vergnügungsartikeln viel zu leicht eine Degenerationsgefahr. Das zieht Lähmungserscheinungen nach sich, denen man entgehen muß, indem man sich in der Zukunft vergräbt, nicht in der Vergangenheit.

Richtung Genua. Gespräch über immoralistische Züge in griechischen Sagen. Über Täter, die nicht bestraft, über Menschen, die von den Göttern wie Puppen benutzt werden, oder, ohne eigene Schuld, allein widrigen Umständen zum Opfer fallen – ganz lebensnah.

Geschah ein Totschlag aus Versehen oder Verwechslung, war bei den Griechen kein sühnefordernder, von Institutionen zu verfolgender Tatbestand erfüllt.

Gestern im Fernsehen ein Dokumentarfilm über forensische Methodik. Ein Fall drehte sich um fahrlässige Körperverletzung mit Todesfolge. Ein junger Mann rempelte im Streit einen anderen, der fiel so unglücklich gegen die Zimmerwand, daß er starb. Daß der Täter hierfür drei bis vier Jahre hinter Gitter soll – schwierig – wo beginnt denn Fahrlässigkeit? Mit einem Rempler? Mit einer Bananenschale, die man auf dem Boden liegen läßt? Mit einem Nagel, den man in Kopfhöhe in die Wand schlägt, ohne ein Bild dran aufzuhängen?

Beatrice erwähnt ein Parergon der Argonautensage: Iason und Gefolge landen auf einer Insel, werden gastfreundlich empfangen, speisen mit den Einheimischen, verabschieden sich wieder, geraten nachts in einen Sturm, der sie zurück auf eben jene Insel spült. Die sich am Tag geeinigt haben, erkennen sich in der Dunkelheit nicht, die Argonauten richten unter ihren gestrigen Gastgebern ein Blutbad an, vergießen danach Tränen bitterer Reue und segeln davon, bei geglättetem Meer. B. findet das eine sinnlose Appendix-Geschichte, 'nicht der Sage wert'.

Diskussion über den komisch wirkenden Auftritt des Riesenkrebses während Herkules' Kampf mit der Hydra, und über das ethische Problem der Bestrafung Niobes.

Dunst über Genua. Die bizarre Konstruktion der über der Stadt gelegenen Straßenknoten gewinnt um ein Detail: Eine große, zweispurige Schleife aus Beton, die 50 Meter hoch auf dünnen Stelzen steht. Sowas befährt man wie die Schienen einer Achterbahn, immer mit der Möglichkeit spielend, es könne abrupt nach unten gehn.

Schwacher Regen in den Bergen, zum ersten Mal in diesem Urlaub. Haben der frechen Kälte in Deutschland ein Schnippchen geschlagen, besser hätten wir die Fahrt nicht legen können.

13 Uhr Ankunft in Lucca. Klassischer Zwei-Stunden-Rundgang. Beatrice kauft auf dem Markt ein Nudel*holz* aus Marmor. Angeblicher

Vorteil: Der Nudelteig bleibt nicht dran kleben. Wann hätte sie je Nudelteig zubereitet? Aber bitte…

Wir haben nicht mehr viel Geld – in einem Antiquariat gab es die Erstausgabe des Goethe-Zelter-Briefwechsels, allerdings nur Band 2 von dreien. Verlockend auch die Erstausgabe des Klavierauszugs von *Manon Lescaut.* Zusammen für kaum 200 Mark.

Woher nehmen?

An Lucca sind wir bisher aus irgendwelchen Gründen immer nur vorbeigefahren. Das war sehr ungerecht, und – in Anbetracht meiner Puccini-Verehrung, seltsam. Das Bronzedenkmal des Meisters ist recht gelungen, zeigt ihn sitzend, ein Bein übers andere geschlagen, mit Zigarette, nachdenklich halb und halb zufrieden sieht er einen an, nicht arrogant, aber selbstbewußt distanziert.

Durch das Gegeneinander von Grün- und Braunfärbung der Mauern entsteht der Stadt ein eigenes Flair. Der Torre Guinigi, Wahrzeichen Luccas, oben mit Bäumen bepflanzt, ist fest in teutonischer Hand. Lärmige Busladungen voller Shortsträger, die uns die Turmbesteigung miesmachten. Anruf bei Marcel, wie so oft befindet er sich in einer Besprechung. Möchte wissen, was die da oben treiben. Die Aushilfskraft, die an den Apparat ging, wußte nichtmal, wer ich war, mußte ihr alles ganz genau erklären, derweil lief die Telefonkarte durch.

Die Kathedrale, nicht von Sieneser oder Ferrareser Klasse, macht auf sich aufmerksam durch die eigenartige Stellung des Campaniles, der nicht freisteht, sondern das Vorderschiff durchbricht, so daß es wirkt, als habe ein Riese ihn in die Kirche hineingerammt.

Eine alte Frau auf den Stufen, mit einem Tausend-Lire-Schein, den sie monstrant zwischen ihren Fingern reibt, wie ein Kind, das Geld für den Eisladen bekommen hat. Wahrscheinlich ihre Nachmittagsbeschäftigung: Für 1000 Lire eine Kerze stiften, davor knien, beten, in die Flamme sehn. Das muß toll sein.

Bea behauptet, Ving Rhames (Marcellus Wallace in *Pulp Fiction*) spielt in *Dave* mit, mit Haaren auf dem Kopf und Schnauzbart. Erschien neben Demi Moore auf einem Kinoplakat (*Striptease*). Für Demi käm ich nicht mal am Tag der offenen Tür. In *Ghost* sah sie noch recht niedlich aus, danach fing sie mit Bodybuilding an, vermutlich kann sie jetzt vaginal Walnüsse knacken und spielt im Terminator III den Androiden.

Am Tag von Puccinis Tod wurden alle Opernvorstellungen in Italien abgesagt. Heute gäbe es niemanden mehr, dem eine solche Trauer zuteil werden würde. Was eher gegen die Gesellschaft, als gegen die Künstler spricht.

In seinem Geburtshaus. In Giacomos gemutmaßtem Geburtszimmer hängt rechts neben dem Eingang ein Foto des *fratello* – des jüngeren Bruders Domenico Michele (1864 – 1891), jung gestorben, sein Blick durchbohrt, virile Kraft strömt aus diesen Augen. Anziehendes Gesicht. Seine Biographie zu erfahren reizt mich ungeheuer. Wie er da im Sessel sitzt, mit der Lässigkeit des Verlorenen (drüber ein Gruß an den Bruder geschrieben), es ist die Allegorie des im Schatten Stehenden, der gedemütigt im Leben nicht Fuß fassen kann.

In der Küche Fotos der verschiedenen Häuser und Wohnungen Puccinis, insgesamt acht.

Bea: »Schreib mehr!«

In Lucca hat schon der Stagione-Betrieb begonnen, heute abend gäbe man Manon Lescaut, aber erstens kann uns niemand sagen, ob es noch Karten gibt, zweitens dirigiert Gustav Kuhn.

Der Flügel, auf dem *Turandot* komponiert wurde. Ich berührte die Tasten, drückte zuletzt auch eine herunter. Kein Ton kam.

Im nächsten Zimmer das prachtvolle schwarze Kostüm, das Maria Jeritza bei der Erstaufführung 1926 in New York trug. Die Schleppe ist drei Meter lang, ebenso breit, aus schwerem Samt.

In einer Wandvitrine der Corriere della Sera vom 30.November 1924: Zwei riesige Seiten berichten über 'La Morte di Puccini a Bruxelles'. Ich war tief bewegt – und froh, daß B. es ahnte, mich nicht ansprach in diesen Minuten.

La sua memoria è sacra e immortale – steht neben dem Ausgang, in einer Gedenkschrift zum dreißigsten Todestag.

Warum es damals in kurzer Zeit so viele, heute so wenige Giganten gibt? Hängt vielleicht damit zusammen, daß große Talente damals von den Menschen mehr ermuntert, verehrt, zu Giganten *hinaufgeliebt* wurden. Während heute, im *anything goes*, nach dem Totalausfall verbindlicher Kriterien, sich viele Talente fragen, ob die Menschheit irgendeiner Mühe wert sei, und gar nicht erst das Äußerste aus sich herausholen, aus Angst, es läge, als Zumutung empfunden, unwillkommen herum.

Beim Bezahlen des Parkplatzes bekommen wir im Wechselgeld zum ersten Mal einen 2000-Lire-Schein zu Gesicht. Marconi darauf ähnelt James Woods.

Idee: die Lazarus-Geschichte an Kirchner schicken. Das Libretto würde seiner Musik, glaube ich, entgegenkommen. Was Matthus dazu meinte, war Quatsch. Bin heilfroh, daß die Unverschämtheit dieses – wie heißt er? – Kupfer, genau, mir den Cosima-Auftrag erspart hat, da wäre doch nichts Gutes draus geworden. Ohne Vertrag und Bezahlung arbeite ich nie mehr, nichtmal für Moritz.

Entschluß, noch ein Stück Richtung Rom zu fahren. Viele abgeerntete Äcker, kahlgefegt, Erde, so trocken, daß sie einer Kieshalde gleicht. Kamen bis nach Cecina, Gilchings Schwesterstadt, nahmen Quartier im erstbesten Hotel (Il Gabbiano). Kauften, zufällig, ein in der *Via Gilching,* meine Güte.

Um sieben Uhr schon massenhaft Fledermäuse über den Pinien, über der *Pineta,* und große Brocken darunter. In China bringt die Fledermaus Glück, Beatrice sagt oft 'Fledermaus gehabt', wenn sie 'Schwein gehabt' meint. Es klingt so süß aus ihrem Mund. Und ich bin manchmal so gemein zu ihr, weiß es noch dabei, meine einzige Himmelszwiebel ist, daß ichs immer gerade noch gutzumachen weiß.

Cecina ist viel touristischer geworden, seit wir das letzte Mal hier waren – '89 – im *Tabacchi* gibt es en masse deutsche, österreichische und schweizerische Zeitungen, darunter ganz entlegene.

Kaufte eine FAZ von heute, im Feuilleton nur dröge Artikel, der antiquierteste, als hätte es die frühen Achtziger nicht gegeben, über die Last der Nietzsche-Rezeption, die einem Leiden am Deutschsein gleichkomme. Satz: *Ihren unbestrittenen Höhepunkt findet diese komplizierte Geschichte in den Romanen und Essays Thomas Manns.* Das ist ja lachhaft! Wird, zumindest von mir, sofort bestritten. Mann besaß nur einen sehr profanen bis oberflächlichen Zugang zu Nietzsches Welt, die seiner so fremd war wie Lübeck zu Babylon. Bei aller Bescheidenheit, aber auf diesem Gebiet darf mir keiner zu nahe kommen.

Diese hündische Verehrung in der FAZ vor geblähten Namen, die der Geschichtswind längst bis auf die nackte Schale hohlgeblasen hat. Eine Rezension über Hürlimanns neuestes Stück reflektiert zeilenlang über Benns Versuche zum gleichen Thema.

Ich sitze auf der Hotelterrasse, Strandgestank weht durch die Küstenstraße. Mir fällt noch ein, im Focus gabs ein Interview mit Urs Widmer, er beantwortete die Frage, wofür er schreibe, schlicht damit, daß er Schönheit erschaffen wolle, ähnlich der Schönheit, die er empfand, wenn er selbst als Kind gewisse Bücher las. Sowas zu sagen, hätte ich mich kaum getraut, drum unterstütze ich es hiermit umso heftiger.

18. September, Mittwoch

Auf nach Rom.

Stehen im Stau. Vor uns ein Toyota Corolla mit dem Aufkleber: *Frangn is subba!* Daneben das Erkennungszeichen der Ichthyioten.

Bei Kilometer 120 verlassen wir das kommende großpadanische Reich. Bossi amüsiert mich sehr. Daß sowas heute noch möglich ist, Mischung aus Don Quichote und Garibaldi für – Reiche.

Muß M. unbedingt noch mal auf das Projekt der 'Schönen Morde' ansprechen.

Die Ikonisierung Thomas Manns entstand erst aus dem Zusammenspiel seiner penetranten politischen Korrektheit und einer Zeit, die nach weißen (aber nicht allzu linken) Westen gierte, um Deutschland nicht ganz so braun sehen zu müssen, wie es gewesen war.

Beatrice: »Ist das Pendant zu Bläue eigentlich die Gräue?«

Brauchen für die 250 Kilometer zur Villa Massimo sieben Stunden, vier davon Irrfahrt durchs römische Verkehrschaos bei Regen. Um den Stadtkern ein Tortursystem aus Einbahnstraßen (welche Römer ungerührt in beide Richtungen befahren).

Wir mußten, wie sich herausstellte, froh sein, um 17 Uhr überhaupt noch ein Hotel zu finden. Ein sehr freundlicher Portier half – und telefonierte für uns herum. Landen im Globus *** 220 Mille, sauteuer, aber geräumig. Wir wollten Moritz nicht auf die Nerven fallen, später, ganz beiläufig, erwähnt er, die Villa Massimo enthalte auch Gästeappartements für 25 Mark die Nacht, wir '*hätten doch bloß was sagen müssen*'.

Wieviel Platz er hier hat! 150 m^2 für Schlafzimmer, Küche, Gästezimmer und Studio – mit riesigen Fenstern in der Dachschräge – ich würde hier jeden Abend den Himmel ansehen können beim Arbeiten, vielleicht sogar einem Sturm zusehen. Und nur Gedichte schreiben.

Ob ihm nicht langweilig sei? Nein, er könne den ganzen Tag ungestört arbeiten, das komme ihm wie Ferien vor. Ich verstehe, was er meint. So gut.

Die Oper ist in der Partitur auf Seite 321 angelangt. Moritz spielt uns (nach einer sehr weichen Goldbergaria) eine Passage aus dem Dieb vor, danach den Gesang der Hexen und das Schlußduett Nagels und Dagnys. Letzteres machte besonders großen Eindruck. Akkorde, die einen schier davontragen.

Hettche, M.s supersensibler Suhrkamp-Nachbar, beschwere sich dauernd über die laute Musik.

Gingen essen in ein kleines Kellerristorante nahe der Piazza Bologna 'La Stiva' – der 'Schiffsladeraum'. Gutes Essen, superb die Fettucine Porcini.

Moritz erzählt, ich würde bei den ihm bekannten Dichtern als *reich* gelten, alle wären *neidisch* auf mich. Ich war ihm dankbar, daß er die Rechnung übernahm, wären sonst in die Bredouille geraten. (Mit der Einladung ist die 50-Mark-Wette vom letzten August abgegolten.)

Gegen den Vorwurf, reich zu sein, wehrt man sich am besten, indem man reich wird, bis er stimmt.

M. erzählt von der Claus Grossner-Party, 200 Gäste, in einer engen Villa. Unglaublich: ein Mikrophon kreiste, jeder Gast mußte sich kurz vorstellen, und zwei, drei Sätze über sich sagen. Das habe zwei Stunden beansprucht. Hettche habe später seine Lesung aus *Nox* sehr witzig beendet, mit leiernder Stimme vor atemlosen älteren Damen: »...*spritzte er ihr den heißen Samen ins Gesicht, dankeschön.*«

Nette Geschichte über M.s Probleme mit der Schweizer Flughafenpolizei. Er war in Sachen *Hämmerklavier* von Winterthur nach Hamburg unterwegs. Führte die Sirenen mit sich, die im siebten Stück des Zyklus unter dem Flügel angebracht, und dort auch gespielt werden. Für diese Sirenen hatte er letztes Jahr in Mexiko, weil es kein Klebeband gab, einen Plastikklebstoff gekauft, mit dem er nirgends auf der Welt Probleme hatte, bis auf Zürich eben. Der Beamte nahm ihn ins Verhör. Wozu er diesen Plastikklebstoff brauche? Was er von Beruf sei?

»Pianist.«

»Und wozu die Sirenen?«

»Naja, die kommen in einem Stück von mir vor.«

»Also, was spielen Sie jetzt? Klavier oder Sirenen?«

»Meistens Klavier, aber manchmal eben beides.«

»Was ist das für Musik?«

»Moderne Klaviermusik.«

»Sowas wie Clayderman?«

»Nein, moderne *klassische* Musik.«

»Also sowas wie Clayderman.«

»Nein, klassische, moderne *E*-Musik.«

»Wozu brauchen Sie dann Sirenen?«

»Weil die in der Partitur stehen.«

»Sirenen, hmm?«

»Schauen Sie, hier, in dieser Musikzeitschrift ist ein Foto von mir, wie ich unter dem Flügel die Sirenen bediene!«

»Warum *unter* dem Flügel?«

«Da ist mehr Platz.«

»Wissen Sie was? Ich glaub' Ihnen kein Wort.«

Und der Beamte ließ den Sprengstoffhund und einen großen Analyseapparat herbeischaffen, Sirenen und Klebstoff wurden durchleuchtet und chemisch analysiert, der Flug wurde eine Stunde lang aufgehalten, 200 Leute saßen derweil im Warteraum und stierten M. mißtrauisch an, starrten auf die 'Bomben'-Sirenen, die aufgereiht hinter der Glaswand auf dem Tisch lagen und nur mit Spezialwerkzeug angefaßt wurden.

»Das ist die Geschichte. Hat keine Pointe, aber lustig ist sie doch.«

Gute Saltimbocca.

Ob Coras Sexphantasien in *Toy* nicht etwas übertrieben seien? Wie bitte? Ich habe sie stark zusammengestrichen, sie sozusagen *bis zur Dezenz gezüchtigt.*

Fausto, Lebensgefährte von Henze, habe erläutert, warum Aids in Rom so weit verbreitet sei. Die Transvestiten an der Villa Borghese erfreuen sich bei auch bei römischen Heteros großer Beliebtheit und machen den Nutten starke Konkurrenz. Interessanterweise wollen die römischen Männer mit Vorliebe in den Arsch gefickt werden. Die meisten lehnen ein Kondom als genußschmälernd ab.

Ich erzählte ein bißchen von unserer Reise, von Arles über Roussillon bis zum Corriere della Sera-Artikel über Puccinis Tod.

Moritz: »Man müsste wieder ein unproblematisches Verhältnis zum Schönheitsbegriff finden.« Richtig. Es brauchte nicht religiös gefärbt zu sein, aber sinnstiftend, somit spirituell. Nichts anderes habe ich je gewollt, verweise auf den Tagebucheintrag zu Urs Widmer.

Über den Zynismus unsrer Zeit, die Unkollegialität. Naomi hätte dafür einen Namen – *Poppy-Syndrom* – dort wo sie herkommt, Australien, wird, ein heimliches Gesetz, alles fertiggemacht, was in irgendeiner Weise bekannt, gar berühmt geworden sei.

Kleingeisterei und Futterneid, alles wird angesprungen, was nur ein wenig über den Tellerrand hinausguckt. In kulturellen Fragen war ich schon immer konservativ.

M. erzählt von Hamburg, vom heute nur noch durch Liedtexte bekannten Dichter Dehmel, dem seine Freunde aus Verehrung in Blankenese ein Haus gebaut hätten, wo er glücklich und zufrieden starb (was nicht dasselbe ist, wie ich am besten weiß). Heute sei sowas unvorstellbar. M. schwärmt von den Künstlerfreundschaften im Paris der Zwanziger.

Halte dagegen, daß die Vergangenheit grundsätzlich verklärt werde und die Gegenwart heute (wie wohl damals auch schon) voll subventionierter Schaschas sei, zu denen man einfach nicht nett sein dürfe.

(Schaschas – schamlose Scharlatane)

Meine Müdigkeit wurde durch zwei Flaschen Weißwein kaum beseitigt. Auffällig oft, wenn ich mit M. rede, bin ich durch meine physische Form gehandicapt, er muß mich für einen Siebenschläfer halten.

Bei allen Divergenzen im Einzelnen (z.B. liebt er *Eins, Zwei, Drei,* Film, den ich für eine erbärmliche Klamotte halte) Gefühl der Verbundenheit.

Wir fuhren schon um halb elf ins Hotel, ich tippte keine Stunde mehr, schlief wie ein Stein.

Träumte einen sonderbaren Traum namens Gustav. Er war sehr fett und wenig lustig und hatte nichts zu bedeuten, außer irgendwas mit Tempeln. Und Finnland.

19. September, Donnerstag

Hab eine von Moritz' Geschichten ganz vergessen, über zwei seiner Bekannten, die seit Jahren ihren eigenen Morgenurin trinken. Und über V. der, als er bei denjenigen zu Besuch war, die Urinfläschchen im Kühlschrank entdeckte. Am nächsten Tag tranken sie daraus, auf den Fläschchen stand, zur Vermeidung von Verwechslungen, *M.* bzw. *N.*

Drin war in beiden Fällen *V.*

10 Uhr morgens. Heimwärts. Ausblick auf römische Kleinslums, in den Grünflächen zwischen zwei Autobahnzufahrten. Wohnwagen, dürftig zusammengezimmerte Bretterbuden, Feuerstellen, ein Hauch von Mexico-City-Stadtrand. Böses Auspizium. Ähnliches in leicht gehobener Form sahen wir gestern am Lungo Tevere Aventino. Unwirklich anmutende Wellblechbauten, deren Bewohner mit jeder Art von Autoteilen handeln. An den Dachrinnen, an dünnen Schnüren, hingen Lenkräder, Auspuffrohre, Kotflügel, wie Requisiten eines Voodoozaubers.

Las: *Die Erblindende* von Rilke. Mir wurden die Augen naß, dennoch, pedantisch wie ich bin, mäkelte ich an der zweiten Strophe und ihrer halben Stopfzeile herum.

Rilke ist fast nie mittelmäßig. Immer entweder göttlich – oder unsäglich. Das wundert mich vor allem beim Handwerklichen – manchmal geht ihm jedes Formempfinden verloren, das doch, in gewissem Maß wenigstens, unabhängig der Tagesform immer vorhanden sein müßte. Aber dasselbe ließe sich auch von Heine und Brecht behaupten, alle drei lieferten hin und wieder Knittelverse, daß es eine tote Sau graust. Gerade Brecht hat oft geradebrecht.

(z. B.: *Da fiel sie in die Goss', die war kalte.*
Da hatte sie keinen Hunger mehr.
Darauf schwiegen die Vöglein im Walde.

Aber im selben Gedichtband findet sich auch die *Erinnerung an die Marie A.*:

War eine Wolke, die ich lange sah,
Sie war sehr weiß und ungeheuer oben
Und als ich aufsah, war sie nimmer da.)

Die gärende Revolte gegen unsre Belustigungskultur – ich spüre sie und wage doch noch nicht, daran zu glauben.

Auf der Höhe von Orvieto eine Herde weißer Kühe im Dunst. Schwer arkadisch.

Gewitter über der Toskana. Hinter Siena mächtiges Wolkenspiel, aus einem Altdorfer-Gemälde entflohen.

Irgendjemand sagte neulich, es gebe seit zehn Jahren auf allen Gebieten der Kunst nichts Neues. Auch das ist ein Teil der Faszination an Sprache: Ein wie großer Haufen Scheiße sich mittels eines kurzen Satzes in alle Welt transportieren läßt. Zur Zeit geht die Vorbereitung einer Ära vor sich, alles sammelt sich, lädt sich auf. Aber vielleicht sind die Zeichen dessen wirklich nur sichtbar für jene, die aktiv mitgestalten.

Siebzigjährige haben selbstverständlich jedes Recht, über die Arbeit der Jungen zu reden. Raus kommt dabei leider meist Unsinn, das muß so sein, ist Naturgesetz. Gesetzmäßig ist auch, daß man die neue Ära nur voraussagen, nicht beschreiben kann. Man ahnt, wie sie aussehen könnte, aber die Ahnung wird erst Wort im Moment, da irgendwer die Tore öffnet.

Spielte eine halbe Stunde lang mit einer weißen Springspinne, bis sie entkam. Zwischen Bologna und Modena gab es im Radio keinen einzigen Klassiksender. Dafür tummeln sich sechzig (!) andere auf UKW, alle bringen denselben Dreck.

Kurz vor dem Po rechts neben der Autobahn ein quadratischer Friedhof, der einer Stadt ähnelt. Zwei der Kapellen an der Innenmauer hätten als kleine Kirchen durchgehen können.

Einzige Cassette, die wir im Handschuhfach finden: Hübsches Potpourri aus vielen Sparten. Finalterzett aus *Prosperos Books.* Welche Musik! Danach *The Bells,* Lou Reed. Es beunruhigt mich, wie simpel, fast kindisch, selbst Meisterwerke des Pop inzwischen auf mich wirken. Ich habe dem Pop soviel zu verdanken, ich will ihn ja gar nicht wie Staub von meinen Schuhen schütteln! Nur – eine Ekstase kann er mir einfach nicht mehr liefern, selbst in Momenten besten Willens.

Wir sind Altöttinger – The Nuts. *Music for Evenings* und *Salad Days* – The Young Marble Giants. *Swanney* – Al Jolson.

Concerto d-moll BWV 1043 – Largo. Da möchte man zu Boden sinken und um Vergebung bitten, irgendwen für irgendwas. Musik, die im Nachhinein einem ganzen Jahrhundert Berechtigung verleiht.

»Wie willst du begraben werden?«

Sokrates: »Ganz wie es euch beliebt – wenn ihr meiner habhaft werden könnt.«

Nachdenken über Freunde, die aufgehört haben, zu lernen. Man kann es ihnen zehnmal sagen, sie sehen es vielleicht sogar ein, doch es nützt nichts, sie sind zu müde.

I take the bus this time – Jonathan Richman.

Wie vielfältig die Menschen sind – klingt banal – aber: zwei, drei Bücher nicht gelesen, zwei, drei Musiken nicht gehört, und man lebte in einer völlig anderen Welt, mit anderen Gesetzen, anderer Ästhetik. Es *ist* banal, und doch unfaßbar in seiner Tragweite.

Eine Baustelle, gefolgt von einem Stau, einer Baustelle, einem Unfall, einer Baustelle…

Das Schlimmste an Techno: Nicht das Simple, Kunstlose, nicht einmal das Sektenhafte der Massenbewegung. Aber diese *lahmarschige* Musik, die sich mit schnellen Beats zu übertünchen sucht.

In den Achtzigern amüsierten wir uns über Frisuren, Glockenjeans und Koteletten der Frühsiebziger, dachten, wie konnte je etwas so Häßliches common sense werden? Wie wird man erst in zwanzig Jahren über Piercing, die zu langen Hosen der Ghetto-Rapper und ihr affiges Bewegungsrepertoire denken?

Ich verfluche alle Intellektuellen, die sich der Verblödung angedient, sie mit kleinmütigen Argumenten legitimiert haben, bis Scheiße den Status von Kultur verliehen bekam.

Vielleicht müßten sich diejenigen, die sich unter ihre Möglichkeiten begeben haben, im Glauben, es sei die Menschheit den Aufwand nicht wert und erträglich wäre nur, das Leben, abgelenkt vom Spaß, auszusitzen, vielleicht müßten die, um neuen Mut, neue Kraft zum Kampf zu fassen, das 20. Jahrhundert als auf gewisse Weise großartig begreifen. Dem Horror einen Sinn verleihen, den Fortschritt aufzeigen, der durch ihn (und seine Zerschlagung) erst möglich war.

Wär's nicht an der Zeit (ich spüre bei vielen eine Sehnsucht danach) – eine neue Kontinuität aufzuspüren, die sich langsam aus diesem angeblich so versprengten und ziellosen Jahrhundert herausschält?

Ich kannte mal jemanden, der seine Tochter *Rilke* nannte. Das Amt ließ es durchgehen, weil die Endung eindeutig auf ein weibliches Wesen hinwies. Goethe ginge dann wohl auch. Oder Fontane (verniedlicht Fontanelle).

Bea (deutet auf einen Falken): »Guck, Raubgeflügel!«

Wollten um vier am Brenner sein, jetzt ist es halb sechs und 90 Kilometer fehlen. Autobahngebühr: 63 500 Lire. Wir haben noch 60 000 Lire und vier Mark. Großzügig geben wir die 50 Pfennig, die wir rausbekämen, als Trinkgeld.

Um 19 Uhr Rast unterhalb des Zirler Bergs. Lese Beatrice Rilke-Gedichte vor.

Am Himmel eine langgezogene Wolke, wie eine Gänsefeder. Leuchtet, erlischt binnen einer Minute. Der Himmel hat den Kragen hochgeklappt und schmollt.

An Hölderlin – unheimliche Anverwandlung, als hätte R. dem toten Idol die Haut abgezogen für einen ganz privaten Maskenball. Hommage/Imitation, die hier und da unfreiwillig ins Parodistische abgleitet, so bei der '*heilig erschrockenen Landschaft*'.

Am Grenzübergang Mittenwald bereits ein Schild, das auf padanisch die Padanier zum Oktoberfest willkommen heißt, aber vor übermäßigem Besäufnis warnt.

Im Radio eine ewig lange Arie aus Donizettis Lucrezia Borgia. Was für ein langweiliger Mist. Schon unglaublich, welche Opern Maria Callas (indirekt) aus der Versenkung geholt und ihrem Publikum zugemutet hat. Und das Publikum hat es noch ohne Widerspruch geschluckt!

21 Uhr 15. Ankunft zu Hause. Ein riesiger Berg von Post, an die 50 Briefe, einige von Lesern. Die werden sich gedulden müssen. Schöne Briefe von H. R. und einem Passauer Germanisten. Auch Kurioses: Der Cellerar von Andechs lädt mich zum monatlichen Prominentenstammtisch. Das Finanzamt gibt uns Geld zurück! Isolde schickt Super-Photos vom letzten April in Hamburg. Noch ein Schwung *Thanatos*-Rezensionen: Hymnen, Verrisse, kaum Neues. Dem Buch kann man schon nichts mehr anhaben. Merkwürdig: Anika von Greve-Dierfeld (schreibt, wie sie heißt) hat ihren völlig bescheuerten Text nun schon bei der dreißigsten Kleinzeitung untergebracht. Lustig: In der Hamburger Rundschau wird die Frage gestellt, ob ich nicht nur ein »Elefanten fickender Moskito« bin. Bald haben wir die ganze Fauna durch. Hut ab! die einen, Kopf ab! die andern.

Ein Kritiker (M. Braun vom Saarländischen Rundfunk) moniert an den schönsten, perlendsten und vor allem: ironischsten Stellen, sie seien frei von jeder Ironie und nah am Kitsch. Extemporiert, daß es die reinste Gaudi ist, z.B.: *Krausser denunziert den Lokalpatriotismus der Provinzbewohner durch heimtückische Namensgebung, (...) z.B. Henlein, der Name jenes chauvinistischen Politikers also, der einst als Führer der sudetendeutschen »Heimatfront« den Vernichtungskrieg der Nazis mit provoziert hat.*

»Ich wußte gar nicht, daß du *so* raffiniert bist.«

»Kann man mal sehen...«

(Ich dachte in meinem begrenzten Wissen nur an den Erfinder der Taschenuhr, Anspielung auf den im 'Ei' behüteten Chronos.)

Lustig auch: Viele kapieren nicht, was *Rutaretil* ist, schreiben dann, Johanser nehme, nebst Alkohol, 'Tabletten', oder vorsichtiger: 'Stimulanzien' zu sich. Die es aber kapieren, wollen alle mit ihrer Findigkeit *prahlen.* Um dieses Ziel zu erreichen, zögern sie nicht, dieses – bei aller Bescheidenheit – wunderbare Palindrom albern oder blöd zu finden.

Apropos Ironie –

»Alles hängt irgendwie mit allem zusammen.« (Hans Albert)

»Zusammenhang verbindet.« (Thanatos)

»Solche Sätze helfen da kaum weiter.« (aus einer Rezension)

Man muß die Lichtung des Schrulls nicht unbedingt als die heideggersche begreifen, als Johansers Unverborgenheit im Spiegel des ihm innewohnenden Greises, muß das Buch auch nicht als Befragung des relativistischenTrends in der Erkenntnistheorie verstehen, dazu bin ich zu wenig Philosoph, zu sehr Sklave des Bonmots – aber ...

Die es verstünden, lesen keine Romane.

Bis vier Uhr morgens Post gesichtet, dann die in Nizza gekauften Denare nach RIC bestimmt, was mühselig war. Gallienus, Probus, Gordian III., Severus Alexander, Decius, Herennius Etruscus, Valerianus I. (der sein Leben als Sklave am persischen Hof beendete. Sein Sohn und Nachfolger rührte keinen Finger, um ihn freizukaufen).

Im römischen Kaiserreich gäb es noch einiges, das abzudichten wäre, Numerianus z. B., der Kaiser und Poet, oder Elagabal, der schwule Tänzer, bringt für vier Jahre, (in denen er viermal verheiratet wurde), den schwarzen Stein des Sonnengottes aus Emesa nach Rom. Severus Alexander, sein Nachfolger, schwächt den Sonnenkult ab, verehrt neben üblichen Götzen und konsekrierten Vorgängern auch Bilder des Christus, Orpheus und Apollonius.

Aber wie wären solche Stoffe zeitgemäß zu präsentieren, wenn Pathos verboten ist, und die Dürrenmattsche Spielart mich ankotzt? Dieses Jahrhundert hat uns soviele Möglichkeiten genommen wie gegeben.

20. September, Freitag

Noch mehr Post.
Geburtanzeige des Simon von Georg und Nina.
3340 g und 53 cm. Wurf gelang schon am 22. August.

Peter Heinemann sendet mir den *Panufnik*, (was so nach Charlie Browns Lieblingsbaseballspieler Schlabotnik klingt, daß wir den Namen nie ausprechen können, ohne lachen zu müssen). Panufnik – mir bisher unbekannter Komponist.

Heiner Meyer jagt von einer Ausstellung zur andern. Schöne Motive im Katalog. Die Zeiten, da ich mir seine Sachen leisten konnte, sind vorbei.

Kurioser Brief vom DeutschlandRadio: *Am 9.5.96 wurde Ihr Buch 'Thanatos' in unserer Sendereihe GALERIE von unserem Rezensenten H.D. Heimendahl vorgestellt. Irrtümlicherweise haben Sie das Honorar in Höhe von DM 383 erhalten, das dem Rezensenten zusteht. Wir bitten Sie höflichst, den Betrag auf das Konto xxxxx zu überweisen.*

Mal nachsehen. Wenn's ein Verriß war, lass ich mich zweimal mahnen.

Hab' heute zum 50. Mal in diesem Monat bei S.J. vom Staatstheater Darmstadt angerufen und, weil sie nie da ist, zum dritten Mal um Rückruf gebeten. Nichts passiert! Theater funktioniert nicht mehr.

Im Club mit C.M. trainiert. Auslosung für Vereinsmeisterschaft. Passables Programm. Nachts Babel. Der Stoff enthält Sprengkraft, für den, der hinhören wird.

Eine alte Flamme ruft an. Ihre Stimme hat keinen Sex mehr. Oder mein Ohr?

Um fünf ins Bett. Gegen neun aufgestanden, zuvor stundenlang wachgelegen, voll böser Gedanken und Mordlust. Nahm zwei Aspirin, zwei Zigaretten, drei Gläser Retsina, legte mich wieder hin.

21. September, Samstag

In der SZ ein passionierter Bericht (H.Lachner) vom Wipers-Konzert, in der (laut AZ) bedrückend leeren Muffathalle. »So bleibt er (Greg Sage) der ewige Außenseiter, das ewig verkannte Genie und der erleuchtete Anatom der Melancholie.« Aber ein Genie ist nicht verkannt, sobald es nur von einem Menschen genial genannt wird.

Ein, so schließt HL, 'von der allgemein geschätzten *Pest der Fröhlichkeit* erfrischend freier Abend'.

In der WEB eine schwülstig-ergriffene Rezension des Nachwuchsromanciers Ernst-W. Mercator. Dazu ein Foto des Autors – wirkt blaß und grausam, wohl weil er ein wenig an Ralph Fiennes in *Schindler's List* erinnert. Rechner- und Vollstreckergesicht, mit einer Eleganz, die nicht von innen kommt, die aufgetragen glänzt wie Creme. Isolde hatte neulich eine Fotoausstellung diverser Literatenportraits, darunter auch meines. Mercator – so erzählte sie mir in Klagenfurt – sei sauer gewesen, weil sie *ihn* nicht ausgehängt habe, er sei zu ihr gekommen, habe gemosert und auf mein Bild gedeutet: »Sie scheinen ja eine breite Auffassung von Literatur zu haben.«

Soviel zur Kleingeisterei, zum Futterneid.

Zu *Toy*: Es ist mysteriös genug, warum man einem Menschen verfällt. Gegenüber dem Teufel ist solches Verfallen nicht weiter erklärungsbedürftig. Sobald jemand *behauptet*, der Teufel zu sein, ist er bereits kein Mensch mehr, zehrt bereits von diabolischen Attributen.

Der Panufnik klingt ziemlich Schlabotnik.

Im Teletext Emnid-Umfrage über die beliebtesten deutschen Autoren: Grass, Simmel, Heidenreich, Konsalik, Lenz, Dörrie, etc.

Merkwürdig, was da alles unter die Sparte *Autoren* gerechnet wird, bloß weil es seine Produkte auch in Buchform verkauft.

Michael berichtet von deprimierender Pflichtarbeit, der Neubearbeitung einer Bestsellerlieferantin, deren Buch von hinten bis vorne aus Scheiße besteht: »Da ist dann so ein Satz wie: *Wenn die Frau ihre inneren Ströme entdeckt, wird sie zum ekstatischen Wandergesell.* Ich geh zur Verlagschefin, zeig ihr das, sage: 'Das müssen wir irgendwie umschreiben', und sie sagt dann: 'Ja, da haben schon einige Frauenverbände angerufen, daß es *Wandergesellin* heißen muß.' «

Das Jenseits muß ein Ort sein, an dem Materie in Klang, Licht in Erinnerung verwandelt ist. Ort fernab des Chronos, irgendwo inmitten allem. Es wird Berge geben, Flüsse und Häuser – monumentgewordene Momente, in die man einkehrt wie in Stellen eines Buches.

22. September, Sonntag

Den Nachmittag über Briefe geschrieben. Bin so müde. Blättere in '*Die Legende*', *kulturanthropologische Annäherung an eine literarische Gattung*, von H.P. Ecker, lese vor allem Fußnoten und Kursives, darunter eine schön-blasphemische Geschichte von Robert Gernhard.

Teletext: In Australien wird Steinkunst und Werkzeug gefunden, das ca. 176 000 Jahre alt sein soll. Dies würde die Erkenntnisse über die menschliche Frühgeschichte radikal verändern.

Biß auf ein bleiernes Schrotkorn, es verbarg sich in der Wildschweinsalami aus Arles. Das Vieh ist tatsächlich abgeknallt worden. Kann auch sein, man streut hin und wieder Schrotkugeln in die Wurstmasse, um diesen Schluß nahezulegen.

Komponierte die ersten 50 Sekunden der 'Partenza'.

Signierte hundert Bücher 'Juli'.

20:15 Langweiliger Tatort im Münchner Pennermilieu mit Bruno Ganz. Man merkt an einigen Details, daß der Drehbuchschreiber *Fette Welt* gelesen hat.

Früh ins Gartenhaus, nach Babel, wo ich mich wohler fühle als sonstwo.

23. September, Montag

Eine Leserin aus Köln schreibt, sie habe alle meine Bücher hintereinander gelesen und finde Thanatos am besten. Absolut d'accord. (Das Possessivpronomen könnte man auch weglassen.) Mir fällt auf, daß Thanatos bei Frauen besser ankommt, als meine früheren Bücher. Muß an der Person Johansers liegen.

In der SZ ein neuer Anschlag von Christine Lübke-Maibock, diesmal übers Abschlußkonzert der ARD. *»Da lieferte Xiaoliang Li aus China (3.Preis) mit vollmundiger Baßröhre eine Art Suzuki-Verschnitt des Don Basilio ab; da gab der Armenier Arutjun Kotchinian (2.Preis) eine Registerarie des Leporello, die fast nur aus Pose bestand.«*

Wer die beiden gehört hat, weiß, daß das entweder blind getippt, oder eine Frechheit ist. Warum kann man ihr nicht eine Stelle im Sportteil geben, wo sie über Stockschießen berichten kann oder über Damenhallenhandball?

15:45 ORF Raumpatrouille Orion, Folge ('Die Raumfalle'), an die ich mich nicht erinnern kann. Wer je am Fortschritt zweifelt, hier wird er geheilt.

Arbeit an der Partenza, kam bis 1:50. Später Computerabsturz, alle Arbeit an Babel von gestern ist hin. Waren vier oder fünf neue Strophen und etliche Verbesserungen.

In Premiere ein ganz netter Film (*Safe Passage*) mit Susan Sarandon, die glaubhaft eine Mutter von sieben Söhnen spielt. Soviele Kinder, dauernd in Sorge zu leben, eine Art negatives Glück, das nie zur Ruhe kommt.

Glück/Angst. Gestern Gespräch mit E., deren Kinder einen eingebauten Selbstvernichtungsmechanismus in sich tragen, dauernd entweder in Teiche fallen, gegen Laster radeln oder das Haus anzünden. Wie tapfer sie ist und geduldig.

Glück ist grauenhaft, weil man weiß: es vergeht. Glücklicher ist der Unglückliche – er weiß, es geht vorüber.

Subkutane Signata, schwarze Flüssigzeichen unter der Haut, nähern sich der Oberfläche bei zu starker Sonnenbestrahlung, körpereigene Menetekel, die die Angst jedem Glück als Morgengabe schenkt. Was wäre Glück, ohne Angst, die es als Glück erst empfinden läßt, als bedrohtes Biotop der Zeit. Glück *ist* Angst.

Dagmar gibt ein Interview in Kulturzeit. Sieht super aus, redet allerhand schlaues Zeug und das in ganzen Sätzen. Sowas gibt es auch.

Das Wunder in der achten Straße: Extrem niedliche Ufos, die Beatrice in Verzückung versetzen. Zwei Elternufos kriegen Kinder, die noch nicht fliegen können, deshalb laufen müssen. Tolle Idee.

In der Nacht dachte ich: Wie spät es wohl ist? Zwei Uhr achtunddreißig? Ich seh auf die Uhr, es stimmt exakt. Bei Tag liege ich nie so genau. Zufallstreffer.

Angst, eine Fledermaus
entreißt mit höchsten Tönen
der Nacht einen Weg
vom hungrigen ins satte Schwarz.
Weiß sie, die sich beflügelt glaubt,
daß Futter nie Ziel ist, nur Trost?
Ahnungslos und beutestolz
hängt sie jetzt, Kopf nach unten,
in einer Höhle namens Heim.

(Ins satte Schwarz – guter Titel?)

24. September, Dienstag

Wer heute Geburtstag hat, der wurde unterm Christbaum gezeugt.

Teletext: EU-Literaturpreis an Rushdie und Ransmayr. Letzteren müßte ich eigentlich von Herzen unterstützen, er erzählt, bemüht sich dabei um Stil und Sprache, achtet die Tradition ohne rückständig zu sein. Aber wenn dabei so eine Krankheit entsteht, wie die Morbus Kitahara, dauernd stilistische Anfängerfehler, dazu diese Langeweile... Ich kam nur bis Seite 100, vielleicht wird's danach besser, schon möglich.

Beatrice, die inzwischen sowas wie ein Archiv betreibt, bringt die Auswertung der fast 300 Thanatos-Kritiken vorbei. 57 % Hymnen, 27 % Vermischtes, nur 16 % Verrisse, weniger als erwartet. Die aber dafür haßerfüllter und unverschämter als je zuvor. Der saudumme Spiegel-Artikel war eigentlich nur deshalb ein Ärgernis, weil das Pamphlet drei (Rekord!) Wochen vor Erscheinen des Buches kam. Während dieser Zeit mußten die Luchterhand-Vertreter durchs Land reisen, und den Buchhändlern erklären, warum der Roman trotzdem gut ist. Das hat uns sicher 5000 Stück gekostet. Hoffnung schöpfen ließ die enorme Solidaritätswelle, die jenem Totschlagsversuch geantwortet – widersprochen hat.

Was diesen Kulturbetrieb so unerträglich macht, sind u.a. Phänomene wie dieser S., gewissenlos, naiv, ehrgeizig und blöde, aber unendlich von sich überzeugt. Eine Art negativer Nachwuchsalchimisten, die per Maulfäule versuchen, Gold in Scheiße zu verwandeln. Menschen, die selbst Thanatos, Herr der Gleichmut, nur mit den Fingerspitzen forträgt.

Seltsam, warum mich soviele Leute loshaben wollen, seltsam, was ich in den Jahren schon alles überlebt habe. Ich müßte längst reich oder tot sein. *Toy* ist ein Expansionsversuch auf internationales Terrain, nicht wegen Geld oder Ruhm allein, hauptsächlich deshalb, um diesem Terrorgehäuse Deutschland zu entschlüpfen. Das kulturelle Klima hier ist unerträglich, irgendwann wird einer mit dem Gewehr durchgehen, weil nichts anderes mehr hilft, und dieser Avantgardist möchte ich nicht sein.

Abends Gäste zum Fußballgucken: Michael, Albert, Bernhard und Peter v.B.

Schwere Euphorie nach dem 1:0 in der dritten Minute, dann Klinsmanns verschossener Elfmeter, man wußte bald danach: der Abend ist gelaufen. Schönes Malmot des Kommentators: »Wenn der Ball ruht, ist Bayern am gefährlichsten.« Albert und Peter, der erstaunliche Sachkenntnis bewies (»Ich hab' Gerd Müller noch als Verteidiger gesehn – 1965«), gingen um elf, wir anderen diskutierten noch eine Stunde lang über alles mögliche, Ransmayr (von den Anwesenden war ausgerechnet ich ihm noch am freundlichsten gesonnen – einen echten Fan besitzt er immerhin in Christine, die heute nachmittag anrief), Grünbein, dessen Essayband ich gegen meine innerste Stimme zu verteidigen suchte, den Rechtsruck des Spiegels, über diese und jene Bizarrerie der Literaturlandschaft, mit dem ich mich nie werde abfinden können.

Bernhard brachte einen Artikel aus der FR mit, in dem behauptet wird, Bukowski hätte in den letzten zehn Jahren seines Lebens am Computer geschrieben. Ich glaube es zuerst nicht, die Vorstellung wirkt zu schräg, denke dann – es wäre sympathisch. Auf seinem Grabstein steht: »Don't try« – sein Standardspruch, wenn ihn junge Leute fragten, wie sie gute Schriftsteller werden sollten.

M. fragt nach meinem nächsten Großprojekt. Ich stehe völlig planlos da. Die Panoptikumsidee – 1922 in München – böte viel Stoff, die Zeit ist aber meinem Wesen so wenig verwandt.

Vielleicht eine Liebesgeschichte? Eros?

Erwähnung der Wittelsbacher Allee, Gedanken an Katrin, vor allem an ihre Stimme, die zu den lullend-loreleysten überhaupt gehört, kann mich nie satthören dran.

D.-Motiv wäre für Erzählung brauchbar. Wenn ich skrupelloser wäre, könnte ich soviele meiner Bekannten als Material ausschlachten. Tue es nicht, hebe sie mir vielleicht nur auf für später, wenn Zeit die Verbindungen verwischt hat.

Grünbein: Galilei vermißt Dantes Hölle.

Schwer erträglich. Er verfügt über enormes stilistisches Können, aber Stil ist nicht alles, kann sogar unangenehm werden, wo Sinnlichkeit fehlt und Fabulierlust. Jedes Essay ist für sich genommen schön und gut, aber sie erschlagen einander, zum Buch gebündelt. Jedes wirkt dann protzig, leblos, zu elaboriert, jedes wird Manifest, Resumée, Schreibrechtfertigungsschreibe.

G. – Sprachbiotop, das im unglücklichen Moment nach Asservatenkammer riecht, nach Spiritus *und* Formalin. Dann gibt der Musterschüler den Zauberlehrling.

25. September, Mittwoch

In der AZ eine Reißinger-Frechheit sondersgleichen. So dreiste Lügen! Ich faß es nicht!

Bezeichnet das Biennale-Kompromißmodell '97 (statt der vier nur zwei Opern) als »Resteverwertung« – gezielte Publikumsverarschung. Verschweigt, daß München im Wort steht, daß die 'Einsparungen' kaum welche wären, weil alle Verträge mit den Künstlern ausgezahlt werden müßten. Das ist bodenloseste Agitation. Warum greift da kein Redakteur ein?

Ob Hummel für sein Reste-Essen morgen Zustimmung findet, scheint fraglich. In einem sind sich nämlich alle Fraktionen einig: Überflüssig ist keine Mark, und mit jährlich festzulegenden Sonderzuweisungen kann die Biennale nicht dauerhaft arbeiten. Das ist ja diabolisch! Das pure Grinsen Luzifers! Und weiter: *Aber alle glauben, daß das alte Zweijahresmodell des Musiktheaterfestivals am besten und preisgünstigsten war – nur sagen traut sich's keiner.* Natürlich, und die Erde ist eine Scheibe! Zehn Jahre hat Henze für diese beste aller Lösungen gekämpft, aber die Reißinger weiß es ja besser! *Mut, verehrte Politiker! Flickwerk motiviert das Publikum gewiß nicht zur Lust am Unbekannten.*

Gibt es soviel Gemeinheit? Das muß man sich vorstellen: Ein unverhohlener Aufruf zur Kulturvernichtung, und das aus den Reihen des Feuilletons.

Stille Verzweiflung. Anruf bei Moritz, der mich ein wenig aufbaut – diese Marianne hätte früher noch ganz andere, noch bösere Töne angeschlagen, daran sei man mittlerweile gewöhnt. Ich habe schon vor morgen abend (Kulturausschußsitzung) Angst, dabei ist das entscheidende Stadtratsplenum erst am 9. Oktober. Habe Atembeschwerden, mein Magen ist bleischwer.

Auf derselben Seite, wiederum verfaßt von Reißinger, ein ellenlanger Artikel zum neuesten Musical-Scheiß im Deutschen Theater.

Bea: »Man muß nur die Sommersachen in den Schrank packen, schon kommt die Sonne raus.«

Fußgängerzone: 17 Mark das Pfund Steinpilze. Erinnere mich nicht an eine ähnlich große Ernte. Der bayerische Wald soll von Steinpilzen strotzen, angeblich fahren sogar italienische Touristen hinauf, um sich den Kofferraum zu füllen.

Bin den ganzen Tag magenkrank. Hätte durchziehen sollen, was ich anfangs ins Auge faßte, einen Protestmarsch Münchner Musiker, Komponisten, Literaten, Regisseure, Bühnenbildner. Vier- bis fünfhundert Leute hätte ich zusammengekriegt, sicher die literarische Prominenz ohne arg viel Ausnahmen, das wäre ein Fressen für die Zeitungen, die Lokalsender. An den Geschäftsräumen der AZ vorbei, mit Transparenten, die gegen Reißinger und Konsorten protestieren. Die würde Augen machen, das wäre ein Spaß. Falls der Kulturausschuß morgen sich wieder Erwarten gegen das Kompromißmodell sperrt, bliebe noch Zeit zur Organisation, Buchmesse käme gelegen.

Kurz bei der Münzauktion vorbeigesehen, aber es hat einfach keinen Sinn, hier was zu kaufen, was es in Österreich für einen Bruchteil des Preises gibt.

Im Hugendubel der gesamte Ring in einer tschechischen Aufnahme für 99 DM. Schludrigkeit:

Die Götterdämmerung wird nicht wie üblich mit *Twilight of the Gods,* sondern, ganz verkehrt, mit *Dusk of the Gods* übersetzt. Allenfalls ginge noch *Dawn.*

Bei Dtv erscheint, ich hab's seit langem befürchtet, ein Taschenbuch (*Das explodierte Schwein*) nur mit gesammelten kuriosen Meldungen aus dem Vermischten, darunter auch jede Menge Todesanekdoten wie in *Toy*. Allerdings bislang nur aus dem Zeitraum 1988–92. Keine Doublette. Besorgter Anruf bei Marcel – das Ding wird sicher großen Erfolg haben, andere Verlage werden nachziehen, ist ja auch nicht so schwer, derartige Sammelsurien kann man binnen dreier Monate fabrizieren. *Toy* sähe dann aus, als hätte es das Prinzip erfolgsgeil abgekupfert.

Ich finde, wenn ein Buch fertig ist, soll es raus, nicht noch ein ganzes Jahr rumliegen.

Ein Jahr macht oft aus einer Galionsfigur einen blinden Passagier, der im Kielwasser mitgeschleift wird, nicht bemerkt, aber ersoffen.

Beatrice ist so schön, ganz in Schwarz.

Ich rührte die Pigmente aus Roussillon an, malte ein Bild, das Erste seit fünf Jahren.

»Ginge als später Nolde durch.«

B: »Eher als zweijähriger Van Gogh.«

»Umso besser.«

Die großen Rätsel der Menschheit: Warum hat Schubert keine Konzerte geschrieben? Und: Hatte Marylin Monroe wirklich sechs Zehen am linken Fuß?

Die drei besten Anekdoten aus dem 'Explodierten Schwein':

MAGIER VON ZUG ÜBERFAHREN, DEN ER MIT GEDANKENKRAFT AUFHALTEN WOLLTE

Peking – Sein Hokuspokus hat versagt: Ein Magier (oder wie auch immer man diesen Vertreter der zaubernden Zunft bezeichnen mag) kam ums Leben, als er versuchte, mit paranormalen Kräften einen

Eisenbahnzug zum Stehen zu bringen. Der junge Mann namens Wei, 22 Jahre alt, war überzeugt, ein Meister in der chinesischen Kunst des »Chi Gong« zu sein. Er stellte sich auf die Gleise und wartete auf den nächsten Zug – dieser sollte allein durch die Kraft von Weis Gedanken zum Stillstand kommen. Leider waren sie noch nicht stark genug, und die Lokomotive hat den Glauben des Magiers zermalmt, den Mann auf der Stelle überfahren und getötet.

Die Mutter des jungen Mannes mußte sein schreckliches Versagen mitansehen – und gerade ihr hatte er seinen Versuch zugedacht. Die Frau hatte sich nämlich gegenüber der prahlerischen Selbstsicherheit ihres Sohnes durchaus skeptisch gezeigt. *(August 1992)*

Erst im Rückwärtsgang den Hund, dann vorwärts die Katze überfahren

London – Ein schwarzer Samstag für einen englischen Autofahrer und Tierliebhaber: Innerhalb einer Fahrt von wenigen Sekunden Dauer hat er erst seinen Hund und dann seine Katze überfahren und getötet.

George Partridge stieg nach dem Mittagessen in sein Auto, um sich ein Spiel seiner Lieblingsmannschaft – aus Sherbourne – anzusehen. Und genau in diesem Moment hat sich das doppelte Unglück zugetragen. Mister Partridge legte den Rückwärtsgang ein, ohne zu bemerken, daß sich sein Terrier Jako hinter dem Wagen ausgestreckt hatte. Er überfuhr ihn und tötete ihn dabei. Ehefrau und Sohn mußten die Szene hilflos mitansehen; ihre Rufe, mit denen sie den Mann aufhalten wollten, blieben ungehört. Doch das war noch nicht das Ende: Im ersten Gang bewegte sich das Auto einige Meter und erwischte die auf dem Asphalt schlafende Hauskatze. Auch sie starb auf der Stelle.

Trotz diese zweifachen „Mißgeschicks« begab sich Mister Partridge ins Stadion: Natürlich erlitt seine Mannschaft eine Niederlage.

(September 1992)

Nekrophiler Totenwächter vergewaltigt »Tote« und »erweckt« sie dadurch wieder zum Leben

Bukarest – Eine 18jährige Rumänin war für klinisch tot erklärt worden und ist unverhofft wieder auferstanden, als ein nekrophiler Totenwächter sich an ihrer »Leiche« zu vergehen suchte. Dieser unglaubliche Vorfall wurde von der rumänischen Presse gemeldet.

Doktor Laszlo berichtet, daß das Mädchen bewußtlos gefunden worden war, nachdem es eine Überdosis Schlaftabletten und Alkohol geschluckt hatte. Die Diagnose der Ärzte des Krankenhauses lautete Tod durch Herzstillstand. Der Körper des Mädchens wurde bis zur Autopsie in einer Kühlzelle gelagert.

Doch die »Tote« – so Laszlo – kehrte plötzlich ins Leben zurück, als Dan, der nekrophile Totenwächter, versuchte, sexuellen Kontakt mit der »Leiche« aufzunehmen. Als der Vergewaltiger bemerkte, daß der Körper sich zu rühren begann, fiel er vor Schreck prompt in Ohnmacht, was wiederum seine Festnahme erleichterte. Die Eltern des Mädchens plädierten jedoch dafür, daß er freigelassen wird, denn ihre Tochter »verdankt ihm das Leben«. *(Januar 1992)*

Wann immer eine Konversation am toten Punkt angelangt ist, läßt sich diese Anekdote erzählen und eine ethische Diskussion drüber beginnen.

Kam in Babel an eine Stelle, von der ich vor Jahren geträumt habe. Wenigstens bilde ich es mir ein. Heute die Regieanweisungen – eigentlich ist es versandfähig.

Es geht etwas vorüber,
an meiner Tür vorbei,
ich kann es atmen hörn.
Etwas, das vor kurzem noch
an meiner Seite saß, unsichtbar,
doch da, und wenn mich jemand fragt:
»Wie gehts?«, sag ich: »Es geht.«

Streichquintett in C.
Schubert als Klangzelt, in das ich mich krümme.

26. September, Donnerstag

Sehr intensiver Traum, spielte in einem alten, dämmrigen, französischem (?) Krankenhaus, ewig breite Flure (eigentlich fußballfeldgroße Plätze) mit grauen Linoleumböden, der Bau erinnerte an ein klobiges Gymnasium der Jahrhundertwende. Kleinere Operationen wurden, das sah perspektivisch sehr nach mittelalterlichen Marktbildern aus, von Schwestern in Nonnentracht auf den Fluren durchgeführt.

Später zeigte mir jemand das Totenzimmer – ein dunkler Raum mit Kuppel, deren eine Hälfte ein Glasfenster enthielt. Sternenhimmel. Im Raum sechs oder sieben Betten, riesig, jeweils zweieinhalb Meter hoch, turmähnlich. Darauf, mit viel grau-beige-dunklem Faltenwurf, in einem Wust aus Laken und Kissen, kaum sichtbar, die Leichen. Alle trugen ein graues Stirnband.

Gefühl beim Erwachen kein Entsetzen, eher angenehme Verblüffung.

∞

Nachmittags gearbeitet, dann Fahrt zum Hauptbahnhof, blätterte im Jahrbuch von Theater Heute. Ein paar Kritiker monieren in der Spalte »Ärgerlichste Theatererfahrung des Jahres« die Heiligsprechung Heiner Müllers. Höbel: »Als wären Shakespeare, Brecht und Aischylos in einer Person gestorben.« Bin gespalten, fand die Feiern auch übertrieben. Daß soviel Trauer noch möglich ist – gutes Zeichen. Aber war Heiner Müller wirklich ein Großer? Nicht nur ein geschickt aufgeblähtes Produkt der Zeitumstände? Muß ihn in zehn Jahren nochmal lesen.

∞

Achse Löffler/Jelinek als Geheimexperiment, was man der Welt zumuten darf?

Um 19 Uhr Anruf bei Beatrice, gute Nachrichten sind eingetroffen, der Kulturausschuß hat sich *für* das Biennale-Kompromißmodell ausgesprochen, *alle* Parteien haben Zustimmung signalisiert. Hallelujah! Das zertrümmert in mir 13000 Nierensteine. Jetzt muß noch die Stadtratshürde am 9. Oktober genommen werden, aber die Zeichen sagen, wir seien gerettet.

Ich tanze auf der Straße, schenke einem Berber fünf Mark, umarme fremde Frauen.

Die Behauptung, nach Joyce könne man nicht mehr auktorial erzählen, stammt von jenen, die weder auktorial noch sonstwie erzählen können.

Autoren, die schlecht schreiben, weil sie zuviel wissen, das gibt es nicht. Autoren, die viel wissen, nur nicht, wie man gut schreibt, das gibt es.

Im Hinblick auf SpätWeitWeg bin ich wirklich sehr gespannt. P. meinte, es sei ein schlechtes Wedekindimitat. F. sagte, es sei eins der besten Stücke, die er je gelesen hat. Allerdings fragte er im Satz darauf, ob ich ihm einen größeren Betrag leihen kann.

Ging übers Sendlinger Tor–Goethestraße zum Oktoberfest, das schönste daran war der klare Vollmond, in einen Wolkenverbund gebettet wie in ein Schmuckkästchen aus schwarzem Samt. Traf Thomas Emmerling auf eine Maß. Er erzählte von seinem nächsten Projekt (Beethovens Fünfter in der Liszt-Transkription), von seiner Indonesien-Tour, von der Häßlichkeit Jakartas, das grau, eng und voller Lärm sei. Vom krönenden Abschlußkonzert in Bandung. Von Chören und Dirigenten, denen Allegro soviel bedeutet wie: *so schnell als möglich.* Vom dortigen sehr technischen Angehen an Musik, egal ob es Bach oder Chopin ist, die musikalisch Welten trennen, Noten sind Noten, gelesen wird, was dasteht, Konnotation gibt es nicht.

Hart: Von Einheimischen Angeheiratete bekommen in Indonesien keine unbefristete Aufenthaltserlaubnis, müssen alle sechs Wochen mit dem Flieger nach Singapur und zurück.

Anja seien die Lieder zu hoch gewesen. Hat sie wohl auch nicht gemocht. Müssen endlich einen echten Sopran suchen, hab keine Lust, zu transponieren. Gingen ins Stadtcafé, das Bernhard gerade verließ, um sich mit einem Unsympathen im Baader zu treffen. Er verpaßte einen netten Abend, Eberhard und Beatriz kamen vorbei, es gab sovieles zu beplaudern, ich war wegen der Kulturausschußsitzung in herrlich gelöster Stimmung und quasselte in einem fort, als seien alle Dämme gebrochen. Eberhard erzählt von Vorträgen in Bratislava mit T.K., der meinen Brief an ihn als Zumutung empfunden habe. Muß man sich vorstellen: dieser Mensch bringt ein *völlig frei erfundenes,* ehrenrühriges Interview mit mir, und wundert sich, wenn ich ihm daraufhin einen bösen Privat-Brief schreibe. Dabei hätte ich ihm mit einer lustigen Gegendarstellung richtig Ärger machen können.

Wir redeten darüber, ob und wie und wenn warum ein Treffen der führenden deutschen Literaten unter 40 unverkrampft vonstatten gehen könne – auf keinen Fall unter der Ägide eines Verlags. Kleeberg schrieb mir neulich dazu treffend: *Es wäre schon reizvoll, einmal Front zu machen, einfach durch unsere Präsenz, und zu sagen, schaut her, hier sind wir, und wo wäre denn die Literatur, die besser ist. Den Feuilleton-Trotteln, die den Ausverkauf der deutschen und europäischen Literaturidentität betreiben, einmal deutlich sagen, daß ihr verehrtes Amerika den Zenit seiner Literatur seit 1930 überschritten hat und daß der Dreck, der von dort von unseren Verlagsidioten für horrendes Geld (und auf unsere Kosten) eingekauft wird, den Besseren von uns grad bis zum Knöchel reicht. (...) Was es* (für ein Treffen*) bräuchte, wäre ein Mäzen, aber einer von der guten alten Sorte, die zahlt und das Maul hält.*

Je mehr wir drüber redeten, desto unwahrscheinlicher schien, daß da was zustandekommt.

Muß Kleeberg noch schreiben, hab es lange rausgeschoben, immer kam was dazwischen.

Manche gibt's, die nennen die Nudeln in meiner Suppe dicke Haare.

Verrisse, nur, um als Kritiker ins Gespräch gebracht zu werden. Schmeißfliegen im Bernsteinmantel – Geschmeiß, das sich zynisch auf seine Geworfenheit beruft. Zahme Variationen des Kultur-Attentäters. Kultivierte Herostrate.

Schmitter, Elke: »Ich hätte die 500 Seiten um 300 gekürzt, dann wärs ein präziser Krimi geworden.« Ich bin sicher, die würde auch den Tristan um vier Stunden kürzen und eine prima Fickszene mit Musik draus machen.

Nachts noch Babel korrigiert. Im Nachtkonzert das Requiem von Ockeghem, eine andere Welt, Musik aus dem Fundus, die anrührt, allein schon, weil sie noch existiert.

27. September, Freitag

Felicitas kriegt den Aspekte-Preis.

Teletext: *Südafrikanischen Wissenschaftlern ist es dank eines speziellen Kälteschutzmittels gelungen, ein zuvor bei -196° tiefgefrorenes Rattenherz wiederzubeleben. Dieser Erfolg bedeute vielleicht, daß künftig menschliche Organe vor einer Transplantation eingefroren werden können. Experimentiert haben die Forscher auch mit Lebern, Nieren und Gehirnen von Ratten.*

Tagesschau 13 Uhr: Kabul ist gefallen, Afghanistan wird islamischer Gottesstaat. Nadschibullah und sein Bruder wurden öffentlich gehängt. (Man verschleppte ihn aus einem UNO-Gebäude.) Hinrichtung wird vom UNO-Beauftragten *bedauert.* Beim Anblick der bärtigen Mullahs in Siegesekstase Ekel und Haß. Beatrice' ehemalige Lateinlehrerin Kioschus wurde von denen erschossen, weil man sie für eine Amerikanerin hielt. Das war 1979. So lange gärt das schon. Immerhin wurde ihr nicht die Haut abgezogen oder bei lebendigem Leib der Darm um einen Baum geschlungen, wie es vielen russischen Soldaten passiert ist.

Grausame Meldungen gibt es heute in viel höherem Maß als in Antike oder Mittelalter. Wenn die Nachwelt davon auf unseren Alltag schließen würde, folgerte sie wahrscheinlich einen immerwährenden Alptraum aus Blut und Gewalt. Umgekehrt läßt sich schließen, daß das Mittelalter lang nicht so schlimm war, wie in unsrer Vorstellung, in der die Bäume mehr Gehängte trugen als Äpfel und Birnen. Man hört oft: *Damals war das Leben nicht viel wert.* Den Eindruck bekommt man heute genauso, wählt man für das Statement nur den passend-schaurigen Hintergrund. (Z. B. wurden in Südafrika allein im letzten Jahr 300 Frauen als Hexen verbrannt.)

Hörten, wie ein Triumphgeheul, die Vokalise der Sängerin, die Moritz aus der Goldschmied-Szene extrahiert und für Oktett gesetzt hat. Ein Wahnsinn von Musik.

Wird die ganze Oper nur halb so gut wie dieser Song, das Genre könnte sich über jedes Krisengeschwätz lustig machen.

Bruckner hat Beethovens Neunte zu Ende gedacht. Wer aber hat Ähnliches mit Bruckner getan? Mahler zu eigen. Simpson vielleicht? Glaub ich nicht. Aber das kommt schon noch. Pärts Miserere ist ein Schritt. Das hieße, es würde wieder angeknüpft am Wegkreuz vor Schönberg, alles ginge weiter. Ich trinke mir verminderte Schuldfähigkeit an, vorsichtshalber, wie jeden Tag.

Das Ende des 2. Jahrtausends – zum ersten Mal wird in der Kunst, in der Tonkunst vor allem, ein Rückgriff gefeiert – quasi ein Irrtum eingestanden. Die neue Schlichtheit, die Wiederkehr von Dur und Moll, eine gedruckste Revolution, die sich mit aller Rhetorik gegen den Verdacht wehrt, *reaktionär* zu sein. Vergebliche Müh, es gibt keinen Grund zur Rechtfertigung.

Rückgriff auf Bewährtes muß, kombiniert mit dem Wissen um zwischenzeitlich Errungenes, nichts Restauratives an sich haben.

Anruf von Philipp R. von *jetzt*: Da mein Tagebuch vom 16.bis 22. September mehr Zeichen enthält als ein normales *jetzt*-Heft insgesamt, kann man höchstens ein Zwanzigstel daraus abdrucken. Bin schweren Herzens einverstanden. Erfahre nebenbei, daß mitstreitende Tage-Büchner u. a. MvU und L. sind. Bad Company.

Abends leichter Auftaktsieg (18 Züge) gegen Erwin Th.

Freitags, wenn ich abends aus dem Club komme, springt mich meist die Laberweichschlampe Willemsen an, diesmal allerdings mit Julia Stemberger, meiner Superlieblingsösterreicherin, oh, die ist schön…

Diarien: Seltsame Diskrepanz von Fanbriefen und Verkaufszahlen. Anscheinend schreibt mir jeder zehnte Leser zurück. Toll.

Kalt wie eine Schwertfischnase
streift sie ihre Haut an meiner ab.
Warum lädt mich niemand zu einer wilden Orgie ein?
Der Ozean, die Fremdenlegion der Tränen. Ob das Salz
aus Rührung stammt, Trauer, ob aus hysterischem Gelächter,
ist ihm völlig egal.

Mut zur Wahrheit: Das fettige Haar der Medusa werf ich ihr noch als Kieselstein vor.

Sobald man sich des Regelwerks des großen Spiels bewußt wird, erfindet jemand eine neue Variante hinzu – Service am Lebendigen.

Das Zusammenspiel von Tabak und Wein, gegenseitige Wirkungsverzögerung. Zigarette mich, bevor mich der Alkoholt.

Ethik muß aus Simulation entstehen, ohne äußeren Zwang, sonst ist sie ein Gefängnis. Nur erfundene Richter sind wert, sich ihrem Spruch zu beugen.

Es gibt niemanden mehr, auf den ich neidisch bin. Ich hatte Vorbilder. Jetzt sind es Freunde. Kollegen, ehemals Lehrer. Hocken manchmal hier rum, sehn mir aufs Papier, sagen naja, oder soso oder aha – und wenn ich ihnen was vom Wein abgeb, werden sie zu Kindern. Bewohner der Erinnerung. Ehrengäste. Veteranentreff. Anekdotentausch.

Einige sind immer da, andere kommen, wenn man droht, sie zu vergessen, wieder andere werden mitgebracht von sturen Altruisten.

28. September, Samstag

Faustschlag ins Gesicht zum Frühstück, Brief aus Darmstadt. Das ist alles so irrwitzig und blöde, daß ich's gar nicht aufschreiben will.

Manchmal muß man ein bißchen winseln. Indianer zeigen keinen Schmerz, deshalb kriegen sie auch so wenig Elfer zugesprochen.

Ich muß arbeiten wie ein Muli, andere kriegen alles geschenkt. Und dann monieren noch ein paar Arschlöcher, ich würde zu oft veröffentlichen.

Anruf bei Moritz. Hettche sei inzwischen netter und duldsamer geworden, sei auch der einzig interessante Mensch hier, Maler und Fotografen seien meist so dumm, wie's dem Klischee entspricht.

Anruf bei Anna (»Ich bin grade im Bad.« »Warum habt ihr kein Bildtelefon?«)

Partenza beendet, ganz in Ordnung, aber schwer spielbar, benötigt verteufelt gute Instrumentalisten.

Für *Toy* - dessen Arbeitstitel durch Disneys 'Toy Story' angeblich unmöglich geworden ist, schweben mehrere Alternativen im Raum: »Im Innern meines Pudels«, »Die Ballade von Toy und Cora«, »Pixie« (der kryptischste Titel), »Musik der letzten Dinge«, was mir gut gefallen hat, geht nicht wegen Paul Auster – hat im Rowohlt-Verlag »Die Musik des

Zufalls« und »Im Land der letzten Dinge« veröffentlicht.

Kein Mensch, der auf sich hält, sagt: Die Aufnahme, die ich besitze, ist die unter XY. Nein, es muß heißen: Meine derzeitige Lieblingsaufnahme ist die unter XY, die übrigens (womit man sich jede Kritik verbittet) *stark unterschätzt wird.*

Ich glaube, zu den besten Sachen, die ich je gemacht habe, zählen die 'Poussage Nr. 1' und der zweite Satz des Klavierquartetts, die 'Musik für Charles'. Moritz wird hohnlachen, wenn er das liest, aber er weiß auch nicht alles über Musik, o nein.

Ich bin immer noch verliebt in Amanda Brown. Warum aus *Tallulah* von den Go-Betweens kein Welterfolg geworden ist? Vielleicht wuchs das Album in eine Zeit, die Schönheit nur duldete, wenn sie sich den Anstrich von Gefährlichkeit gab.

Letzte Verse für Babel. *Panta rhei* – der kürzeste aller gewichtigen Sätze, eine Art Liliput-Sumo-Ringer. Hab meine Deutung heute abgeschlagen, Heraklit hing wehrlos in den Zeilen.

In den Zwei-Uhr-Nachrichten: Olof Palme soll (wie lange ist das schon her?) vom südafrikanischen Geheimdienst ermordet worden sein. Angeblich, weil er den Boykott gegen das Apartheid-Regime noch zu verschärfen suchte. Klingt nach Unverhältnismäßigkeit der Mittel.

Was wirklich groß ist, geht nur unter,
um stärker, unaussprechlicher,
zurückzukehrn aus seinem Lied.
Ohne Schönheit gäb es Zeit nicht,
ohne Grauen keinen Frieden.
Aus Haß entsteht die Kunst.
Dem Ozean ist es egal
woher das Salz stammt, das ihn würzt.
Ist Fremdenlegion der Tränen.
Ob aus Freude, Rührung, Trauer,
Wut, Gelächter – alles fließt.
Der Mensch ist Meer auf Landurlaub,
geht jagen in geborgtem Fleisch,
kehrt reich von Beute heim, dem Wasser
sein Abenteuer zu erzählen.

29. September, Sonntag

Fahrt zum Flohmarkt nach Geiselbullach. Nur ‘elends Graffl’.

Zwischen Markthalle und Amper liegt ein wunderhübsches Privatschloß mit riesigem Garten.

Geiselbullacher Klein-Versailles. Nicht begehbar, aber einzusehen, umzäunt von einer grad meterhohen Steinmauer. Wer da wohl wohnt?

Vorbeifahrt an einem späten Rapsfeld. Letztes Gelb vor dem Winter.

Schwiegermutter kommt uns auf dem Rad entgegen, bemerkt uns nicht. (Überlebte das Dresdner Fest zu Wagners 142. Geburtstag, um drei mal sieben Jahre später meine Frau zur Welt zu bringen, am 29. April.)

Anruf bei Peter. Hat sich vor einer halben Stunde von Janina getrennt.

(»Is nich so schlimm. Gehts der Oper gut?«)

Lazy Sunday bei angenehmem Fernsehprogramm.

Immer wieder nett: *The Commitments.* Joey Fagens letzte Worte: »Sicher, wir hätten Platten machen und berühmt werden können, aber das wäre normal gewesen. So ist es Poesie geworden.«

Right. In einer Band gewesen zu sein, ist eine Erfahrung, die mit nichts vergleichbar ist. Denke so oft an die Touren mit Genie&Handwerk, die Konzerte im Alabama, im Allgäu, Mannheim, den allerersten Auftritt als Vorgruppe der Legendary Pink Dots in der Manege (die schon lange zugemacht hat) Wir waren die helle Seite des Pop. Diese Zeit: 1985–88, die wäre einen Roman wert. Als es noch Phänomene wie die Sex Trash Girls gab, die Dachauer Hallen, The Politicians, Sage&Schreibe. Spex gelesen wurde, Rainald Götz, Zeit vor den Rucksäcken, nach den Palästinenserschals. Die Bodega Bar und ihre Spaghetti Diavolo waren eher mein Ding als Baader-Café und Tanzlokal

Größenwahn – von heute aus gesehen wird zur Melange, wo früher feine Unterschiede herrschten.

Babylon 5 – neue Folgen bei Pro 7. Jucheißa! (schwerwiegende Divergenz zu M., der allen Ernstes *Space 2063* oder *Voyager* besser findet.) Phantasievoll, spannend, komisch, episch. Großartige Schauspieler, tolle Dialoge. Eine der besten Folgen bisher ('Bombenterror'). Bitter nur: Anscheinend fing die neue Staffel während unsres Urlaubs an, wir haben zwei Termine verpaßt.

Durch den Mörder Dutroux und den Fall Natalie zieht sich eine breite Bürgerfront zusammen, um das Strafrecht für Kinderschänder zu verschärfen, dem Gefängnis künftig die Priorität vor der Therapie zu geben. Aber damit läßt sich doch erst rechts nichts verhindern, und für Mörder gibt es ohnehin lebenslang. Die Hysterie wird nur zur Folge haben, daß jeder kleine Exhibitionist für Jahre hinter Gitter muß. Die Vermütterung der Gesellschaft schreitet immer schneller voran.

Schach-Themenabend bei arte. *Schwarz und Weiß wie Tage und Nächte.* 1978, von Wolfgang Petersen, mit Bruno Ganz. Hat mich mit 16 schwer beeindruckt. Ist immer noch gut.

Kleine Mängel wie folgender: Der arrogante Weltmeister lacht hämisch, als der von Rosenmund programmierte Computer nach 1. e4 e6 2. d4 d5 3. Sd2 a6!? zieht. Wurde laut Chess-Base '77 von Krogius zum ersten Mal gespielt, ist bald ein anerkanntes System geworden. Man hätte ja z.B. 3. ...h6 auswählen können, worauf das Lachen angebrachter gewesen wäre.

Denotation Babel

mündet assonant in die Detonation Babel.

Advocatus dei *und* diaboli. Mehr drauf achten: Reiz und Abscheu, Banalität und Erhabenheit, Flapsigkeit und Klassizität immer im Gleichgewicht belassen, nur so erhält sich der Text Schärfe, weil Gespaltenheit. Eine Menschheitsfeier, von der man nie genau weiß, ob sie ernst gemeint ist. Wer will, soll ruhig feiern. Ein »Alles war gut.«

Beim Rundfunk selber Regie führen, oder auf absoluter Oberhoheit bestehen. Keine Kompromisse.

Ein Fotoreporter, dem eine mystisch-morbide Aufnahme vorschwebte, fragte K., ob er zufällig einen Totenschädel im Haus habe. »Schon«, sagte K. und deutete auf die eigene Stirn. »Er ist nur noch nicht ausgepackt.«

Trouvaille: Das Harfenkonzert von Carl Reinecke.

Glenn Gould spielt die Sonate op. 1 von Berg. Ich höre die Musik zum ersten Mal. Mit dem Gefühl, sie sofort zu begreifen. Sie ist mir ähnlich.

Der Himmel besteht auf Vergessen,
die Hölle aus Gedächtnis.
Der Staub findet seinen akustischen Niederschlag im
Hintergrundrauschen. Patina fürs Ohr.

Geordnet und unendlich liegt
zu unsren Füßen eine Welt,
zu unsrer Leidenschaft entworfen.
Bei Nektar und Ambrosia
zu Babel überm Wasser sitzen
wir und lachen.

30. September, Montag

Endlich einmal sieben Stunden am Stück geschlafen, fühle mich wie ein neuer Mensch. Dennoch Alptraum, in dem ich mich mit einer Regisseurin herumschlug, die *Helle Nächte* um die letzten beiden Szenen kürzen wollte. Der Traum wirkte so echt, daß ich nach dem Aufwachen gleich M. anrufen wollte, um Alarm zu schlagen.

Wiedergelesen und gedacht: Mit SpätWeitWeg könnte ich doch noch glücklich werden. Sehr lustig und lärmend. Ich will die Stuhlreihen voller Herzstillstände. Dabei hochmoralisch. Es ist ein (Zerr-)Spiegel der Gesellschaft geworden, mit lauter allegorischen Figuren, Prototypen ohne Seele. Keine psychologische Feinkörnung, wie noch zu Anfang, alle Venen sind rausgerissen, endlich! Eine Art Comic-Grosz. Plötzlich haben sich ungeahnte Dimensionen herausgeschält. Und um nichts geht es weniger in dem Stück als um 'Kunst' und 'Kritik'. Die Traumebene ist jetzt nichts anderes als eine Parallelwelt des vorübergegangenen Konjunktivs, im Grunde genauso real wie die angebliche Wirklichkeit. Verbale Gewaltbereitschaft steigt, jede Beleidigung ist durch einen Witz exkulpiert. Sexuelle Zoten bis zum Überdruß als Karikatur einer Zeit, die Sex redet, nicht ausübt. Im Scheinwerferlicht gibt es keine Intimität mehr. Die Talkshow als Treffpunkt der anonymen Einsamkeit. Virtuelle Schlachten, Scheingefechte, Tabubrüche, Provokationen, vorhersehbar alles. Ein großer Amüsierbetrieb mit festgelegten Ritualen. Man darf sich vieles leisten, bevor man sich zur Schlußversöhnung trifft. Ich hoffe, es ist das Gesellschaftsstück unsrer Zeit – man kann damit aber soviel verkehrt machen... Ich fürchte, man wird dem Publikum Ithaka bis zum Abkotzen eintrichtern, bevor man irgendwelche Risiken eingeht. In Deutschland stimmt kulturell wirklich gar nichts. Überhaupt nichts.

AZ: Wer an die Wiedergeburt glaubt, kann sein Geld bis zur Reinkarnation auf der Bank »parken«. Die Stiftung 'Prometh' in Vaduz (Liechtenstein) machts möglich. Interessenten müssen zu Lebzeiten einen Fragebogen ausfüllen, dieser dient später als Identifikationshilfe.

In der SZ enervierender Artikel der Löffler über den EU-Literaturpreis. Erfahre so, sehr nebenbei, welche die diesjährigen deutschen Nominierungen waren. 'Das Taschentuch' von Kronauer und 'Die Ringe des Saturn' von W.G.Sebald. Wo sie dieses Zeug nur immer rausziehn?

Seltsam: *Thanatos* war nach Walser das meistbesprochene deutsche Buch des Frühjahrs, dennoch hab ich jetzt das Gefühl, es wurde erfolgreich totgeschwiegen, kaum noch was wird verkauft, fühle mich um meinen Lohn betrogen. Vom Fernsehen kam überhaupt nichts, bis auf die Anfrage eines ideenlosen Jungredakteurs vom BR, der mich die ganze Arbeit machen lassen wollte.

Habe mit 32 Jahren bereits die ersten Epigonen, und jeder Einzelne von diesem Nachwuchs kann mehr Preisgeld aufweisen als ich, der, scheint's, zur Welt im Apogäum steht.

Waldgang mit Beatrice. Extremer Pilzreichtum. Lackbläulinge, undefinierbare Reizker, Hexenröhrlinge, Boviste. Wir haben Termine, um bestimmte Arten zu ernten. Am 25. Juli ist der Schopftintling fällig, der Parasol kam meistens sehr pünktlich zum 20. September. Wir wähnten uns zu spät, kamen aber genau rechtzeitig, wohl wegen des Kälteeinbruchs. Gute Funde: In einer Stunde fünf große, sieben kleine Parasole, drei Maronen, 12 Rotfußröhrlinge.

Dazu Ritualwerkzeug der örtlichen Wotanisten.

Bea: »Vielleicht wars nur eine Schnitzeljagd.«

»Wotanisten klingt besser.«

Warmer, sonniger Herbsttag. Gewohntestes erscheint fotografierenswert, so das im Licht schillernde Laub der Allee, unten am Steinberg. Wenige Cirruswolken, stark zerfasert. Herbstzeitlose im Gras.

Das Geschrei zweier Eichelhäher ging uns schwer auf die Nerven. So schöne Federn, so häßliche Stimmen.

Beatrice entdeckte eine Hirschlausfliege, Parasit mit sehr einseitiger Ernährung: Nur Hirsche. Höchstens, wenn weit und breit kein Hirsch, ersatzweise ein Mensch.

Meine Lieblingsblume – Gelbe Rosen und Vergißmeinnicht.

Neulich, Ende Juli, gingen wir im Kreuzlinger Forst zum Molchteich. Ein winziger, kaum bleistiftbreiter Frosch saß auf Beatrices Daumen – ihm war, soweit ich das beurteilen kann, nicht unwohl dabei. Er sah in die Welt wie auf etwas zu Eroberndes, und hätte doch jederzeit zwischen zwei Fingern zerrieben werden können. Ich glaube, er spürte keine Angst, ärgerte sich nichtmal, daß Beatrice ihn nicht geküsst hat. Glückliches Leben, kleiner Frosch!

Die Fremde schärft den Blick für die häusliche Umgebung. Ist man gerecht, so gibt es in deutschen Supermärkten viel (z.B.Wachteleier) was einem vorher nicht ins Auge sprang, weil man es sowieso nicht kauft, und vieles, was es wiederum in Frankreich nicht gibt. Beatrice bringt vom Einkaufen ein neues Joghurt mit, Geschmacksrichtung *Mohn-Marzipan.* Schmeckt klasse.

Die drei Lieder für Sopran sind etwas unzweifelhaft Schönes, ich möchte sie so gerne einmal 'naturale' hören. Überhaupt bietet das nächste Jahr viele Gründe, mit dem Leben auf Verlängerung zu spielen, das

Stück, die Oper, meine Musik, Babel, Toy, vielleicht sogar die Verfilmung der *Könige*. Kein Zwang zum Großroman.

21:45 im Breitwand: *Geliebte Aphrodite.* Zwei starke halbe Stunden, eine schwache. Synchronisation dubios. Einmal singt der Chor (Hab ich mich verhört?): *»Solche Gedanken bleiben besser ungedenkt.«* Oder soll das witzig sein?

Babel beendigt um 1:30

Dichter erst schmieden Grabsteine in Talismane um, Geschichte wird alles. Vom Leiden bleibt ein sprachbegabtes Glück. Zeit ist besiegt, wo am Ende einer sagt: Es war schön, konnte anders gar nicht sein. Dann fällt der Stern ins Meer.

Soviele Zerfleischungsgefechte mit Unwürdigen.

Morgen abend beginnt schon wieder die Buchmesse. Werde hinfahren mit gemischtem Gefühl, werde Freunde treffen, auch Feinde, die aber nicht tödlich genug. Werde, Toy, dem Teufel zuliebe, das elend-eitle Spiel mitspielen, um die Meisterschaft im Schattenvorauswurf.

Helmut Krausser bei belleville

»Ich erzähle überall laut herum, daß ich zur Zeit ein Tagebuch führe, und ich betone, ein überaus präzises. Sofort verhalten sich die Leute um einiges freundlicher, höflicher, vorsichtiger. Die Zeugenschaft schreckt sie auf.« Helmut Krausser, Mai

MAI – Tagebuch des Mai 1992
135 S. DM 28.-
777 Exemplare/Numeriert/Signiert
ISBN 3-923646-25-9

JUNI – Tagebuch des Juni 1993
888 Exemplare/Numeriert/Signiert
119 S. DM 28.-
ISBN 3-923646-24-0

JULI – Tagebuch des Jahres 1994
444 Exemplare/Numeriert/Signiert
93 S. DM 28.-
ISBN 3-923646-46-1

AUGUST – Tagebuch des Jahres 1995
101 S. DM 28
555 Exemplare/Numeriert
ISBN 3-923646-90-9

»Ein reizvolles, aufreizendes Tagebuch, so spontan, wie es die Gattung verlangt, durchsetzt mit Übermut und Koketterie, doch zugleich von unmißverständlichem Ernst.«
Eberhard Falcke, Süddeutsche Zeitung

Außerdem lieferbar: **Könige über dem Ozean. Roman.**
(früher Albrecht Knaus, jetzt belleville) 222 S. DM 2o.-
ISBN 3-923646-28-3

belleville Verlag Michael Farin Hormayrstr. 15 80997 München

Ed Gein – A Quiet Man

Norman Bates, Leatherface und die anderen haben ihn zur Legende werden lassen: den Mörder und Nekrophilen Ed Gein. »Ed Gein was not a good man«, schrie Lux Interior einmal, »but he was great man.« Das war Ed natürlich nicht ... ist er nie gewesen.

»Mother, she's just a stranger
She's young and it's raining out
She's down at the motel
Thought I'd go back and check her out
I just checked her in but ... «, singt Rod Mc Donald unnachahmlich leise und melancholisch. Norman heißt das Lied, und es klingt, als wäre es aus einer anderen Welt. Aber Bates Motel ist das Ende der Welt, jedenfalls für Janet Leigh in Alfred Hitchcocks Film PSYCHO.

»THE TEXAS CHAIN SAW MASSACRE ist der einzige Film, der mir wirklich je Angst gemacht hat.« William Lustig, Regisseur von MANIAC

»Und da«, erzählte Werner Herzog einmal, »deutet Bud hinter sich, sei der Friedhof. Der sei jetzt schon seit zehn Jahren geschlossen. Da habe Ed nachts immer herumgebuddelt.«

Hannibal Lecter in THE SILENCE OF THE LAMBS zur FBI-Agentin Starling alias Jodie Foster: »Oberste Prinzipien. Simplification. Bei jedem einzelnen Ding die Frage, was es in sich selbst ist. Was ist seine Natur? Was tut er, dieser Mann, den Sie suchen?«

Das ultimative Buch zum bizarrsten Kriminalfall Amerikas und zu den davon inspirierten Büchern, Filmen und Merchandising-Produkten

Herausgegeben von Michael Farin und Hans Schmid
Essays, Artikel, Aufsätze, Songs, Filmmitschriften, Comics, Hinweise aller Art, Bilder, Standfotos, Plakate, Videoprints etc.
389 Seiten, 82 Abbildungen, broschiert, DM 39.80
ISBN 3-923646-52-6

belleville Verlag Michael Farin Hormayrstr. 15 80997 München